白滅

柴田よしき

角川文庫
23365

目次

薫衣草（ラベンダー）

1

人死にのあった家だから、長いこと空家だったのだ。

そうなのか。

清香（きよか）は納得して、黄ばんでもろくなった新聞紙をそっと畳んだ。乾いて紙のように薄くなり、緑色も抜けて茶色に変色してしまった押し花は、指で触れるとぱらぱらと壊れてしまいそうで、触れずにまた新聞を閉じてしまったので、たぶん、もう永遠に、誰の目に触れることもないままになるだろう。妹の沙香（さやか）が趣味で押し花をつくり、それを葉書やカードに貼っていることは知っていた。清香のところにも、誕生日やクリスマスに、押し花のついたカードが届いていた。が、こんなふうに、自分で摘んだ道ばたの花を、ティッシュペーパーでくるみ、新聞紙に挟んで本で重しをするなどという、ありふれた、昔ながらの方法でつくっているとは思っていなかった。クラフトショップや洒落(しゃれ)た文具店などに行けば、簡単に押し花がつくれるキットが売られている。ああしたものを使っているのだとばかり、思っていたのだ。清香は今さらのように、妹の、堅実で地味な性格を思い出した。お金をかけなくてもできることにはお金をつかわない。簡単なことのようでいて、清香自身には真似のできない生き方だった。

双子なのに、二人の外見はあまり似ていなかった。幼い頃からそのことを、周囲の人々に不思議がられ、不愉快な思いをして育った。二卵性双生児は、たまたま同時に生まれてしまったきょうだいに過ぎない。あまり似ていない姉妹など世間にはいくらでもいるのに、双子だというだけで、似ているのが当たり前のように言われるのは納得できなかった。それに、似ていないのね、と言われるたびに、清香は強い反発も感じていたのだ。似てるとこだって、いっぱいあるのに、と。

たとえば、顔だちはまったく違っているのに服のサイズがほとんど同じであったこと。服の好みは小学生の頃からはっきり違っていたので、沙香と服の貸し借りをした記憶はあまりないが、母親が買ってくれた柄も色もお揃いの服を着る時には、ネームタグのところに小さくマジックで書かれたKの文字を確認してからでないと、それが自分のものなのか沙香のものなのか区別できなかった。胸のふくらみ具合だとか、肘(ひじ)のあたり方などまでそっくりで、服に残る体形の痕跡(こんせき)で判断できなかったのだ。ただその点は、大人になって、三十を超えたあたりではかなり違いが出て来ていた。原因は単純なことで、沙香が結婚し、妊娠して出産したからだ。そして清香は今まで独身で通している。

服だけではない。靴のサイズも同じ、足の形も似ていたので、めったに他人と共有できないはずの靴を貸し借りすることが可能だった。服には好みがはっきりと表れるが、堅実な沙香が選ぶ靴は、どんな服にも合わせられるような無難でそつのないデザインや色のものばかりだったので、靴はよく借りて履いていた。清香は奇抜なデザインの靴につい目を奪われてしまうので、少しあらたまった席に出る時など、それらしい靴がなくて困ってばかりいたのだ。

もうひとつ、ふたりは声もそっくりだった。電話の声だと両親でさえふたりを取り違えた。清香自身は意識していなかったが、口調や喋(しゃべ)り方の癖までよく似ていたらしい。だが、自分の声と沙香の声とは、清香の耳で聞いた限りではまったく違うもののように思えた。そのことの不思議について、沙香の夫となった高島良治(たかしまりょうじ)が教えてくれたことがある。自分の声、というのは、耳からだけではなく、口から骨を通じて直接、脳に聞こえているものらしい。だから、自分の声をテープなどに録音して聞いてみると、驚くほど、自分がいつも聞いている声と違っているのだ、と。つまり、清香の耳にはまったく別の声に聞こえていた自分の声と沙香の声とは、他人の耳には同じものとして聞こえていた、ということになる。

からだつきも足のサイズも声も同じ。それなのに、顔や性格がまるで違う。

ふたりは、ある意味、互いが互いにとって、とても不思議な存在であったのだ。

両親は、双子がいつも一緒にいて、自分たちだけの世界をつくってそこに閉じこもってしまうことを不安に思っていたらしい。小学校までは一緒に地元の公立に通うことができたが、中学に進学する時、両親はふたりに、自分がどんな人生をおくりたいかよく考えて進学先を決めなさいといい、私立中学の案内が載ったぶ厚い冊子を手渡した。あの頃、沙香は宝塚歌劇団に憧(あこが)れていた。だが自分に踊りや歌の才能がないことは自覚していて、宝塚歌劇団に入りたいなどとだいそれた望みは抱いていなかった。そのかわり沙香は、劇の台本を書く仕事にも興味をもち、自分でもノートに、短い劇を書いて担任に見せたりしていた。そんな沙香が選んだ進学先は、文学部の偏差値が高い大学の付属中学だった。けっして成績が悪い方ではなかったけれど、その中学に合格するのはかなり難しい、と担任は言った。それでも沙香は諦(あきら)めず、猛烈に勉強して、見事、合格した。一方、清香は、将来何になりたいとか、どんな仕事をしたいという具体像は何ももっていなかった。ただ、高校、大学と三年おきに受験するのは大変だなあ、できればもう、受験は一度だけで終わりにしたいなあ、と思った。それで、自分の成績でも楽に合格できそうな、短大付属の中学を選んだ。学業よりはしつけに重点をおく教育で知られている、俗にいう、お嬢様学校。もちろん女子しかいない。志望校を決めはしたものの、塾に通いながらその中学についてのさまざまな評判や噂を耳にするうちに、窮屈そうで自分には向かないかも知れない、と思いはじめた。それでもなかなか受験をやめる決心がつかないまま冬になり、ひとつの部屋で机を並べている沙香が、脇目もふらずに勉強をする様を見ているうちに、ふっ、と気持ちが萎(な)え、両親に、受験はやめて公立に進む、と告げた。両親は反対しなかった。

その冬が、沙香と自分との人生をわけた冬だった、と、清香はあとになって思うこともあった。中学、高校とずっと一緒にいれば、ふたりの人生はもう少し近いものになっていたかも知れない。中学が違えば、友達も環境もすべてが違ってくる。大学の付属に進んだ沙香は受験にわずらわされることなく、暢気(のんき)に毎日を過ごし、演劇にのめりこんで、中学、高校と演劇部、大学ではとうとう、学内でいちばん名のとおった劇団に所属した。だがそこで同じ劇団の学生と恋愛し、卒業と同時に結婚してしまったのだ。それからの沙香は、順当に主婦となり、母となってしまった。あれほど夢中になっていた脚本を書くという作業も、続けざまに年子で三人も生まれてしまった子供たちの育児に追われて忘れたのか、正月などに実家で久しぶりに顔をあわせても、そうした話題が口から出ることはなくなった。

そして清香は、公立中学から公立高校と受験を繰り返し、一年浪人して大学に合格した。女子学生の浪人経歴は就職に不利だと聞いて焦り、在学中も資格の取得だとか検定試験に合格することに精力を傾けた。映画の同好会には所属していたが、映画鑑賞はあくまで趣味と割り切り、希望の会社に就職することだけを目標に学生時代を過ごした。そして、希望がかない、新聞社に入社した。

清香の人生は、ひとことで言えば、キャリアウーマン。その言葉に象徴されるあらゆるものに、清香は自分があてはまると思っている。新聞社の文化部で十年を過ごしたあと、ヘッドハンティングのような形で新興の出版社がたちあげた新雑誌の編集部に転職、三年たらずで編集長となり、女性誌などから、成功した働く女性像のひとつとして取材を受ける立場になった。収入も悪くなく、その収入に見合った都内のマンションに住んで、独身のまま来年、四十の大台にのる。

もしあの冬、お嬢様学校に進学する道を選んでいたとしたら、自分は今、こんな生活をしているだろうか。受験、受験で追い立てられたあげくに浪人するという経験を経て、就職は失敗したくない、という思いから、学生時代にしゃかりきになって努力していなければ、新聞社になど就職できなかっただろうし、その後の転職や成功もなかっただろう。だがその代わり、お嬢様短大を出てほどほどのところに就職してほどほどに働き、適当なところで条件のいい相手と結婚して、子供を産み、今ごろはやっと子供が中学生くらいになってホッとひと息ついていたかも知れない。そういう人生にも正直なところ、少し憧れはある。そして、沙香の人生はまさに、そんな人生だったのだ。

性格が違っていたのだから、大人になった時の生活が違っていたのも当たり前、と、簡単には割り切れない思いを清香は漠然と抱いている。なぜなら、むしろ沙香の方が性格的には、今の清香のような生き方が似合っていたと思うからだ。沙香は向上心にあふれ、積極的で知的で、想像力豊かだった。それに比べて自分は、場当たり的でいつもふらふらとその場の雰囲気に流され、土壇場になってから焦ってカリカリしてばかりいた。できるだけ楽がしたいといつも心の底で思い、努力しなくて済むことはしない主義だった。それなのに。

人生は、わからない。先のことは誰にも、わからない。そして終わりがどんなふうに来るのかも、誰も予測することなど、できない。

清香は古風なちりめんの風呂敷に、沙香がのこしたアルバムだけを包み、立ち上がった。足下の新聞の束も持って帰ろうかどうしようか少し迷ったが、せっかくの押し花も、枯れて茶色くなってしまっては、挟んであった新聞紙ごと捨てるしかないだろう。

沙香は、死ぬ前の二ヶ月をこの、小さな古いアパートの一室で過ごした。たったひとりで。

沙香が夫と子供たちの前から姿を消したのは、ちょうど一年前の初夏。書き置きがひとつ、ダイニングテーブルの上に置かれていたという。文面はただ、ごめんなさい、さようなら、だけ。

ごめんなさい。

さようなら。

そのたった二言だけ残して、沙香の姿はふつりと消えた。良治は必死で妻を探したが、私立探偵を雇っても、沙香の居場所はわからなかった。そして、沙香が家を出て二ヶ月後の夏の終わりに、沙香の遺体がこの町で発見された。路上に倒れていたのを通行人が見つけて救急車を呼んでくれたのだが、すでに死亡していたらしい。死因は急性心不全。病死だった。

いったい沙香の身に何が起こったのか。沙香はどうして、愛していたはずの夫や子供を捨てて姿を消さなくてはならなかったのか。そしてなぜ、この町、この見知らぬ町の路上で、彼女の心臓は停まってしまったのか。

最初に襲って来た衝撃とやり場のない怒り、そして悲しみの嵐が過ぎ去ると、良治も、沙香の子供たちも、沙香と清香の両親も、そして清香も、みな同じことを考えた。

沙香の身に何が起こったのか、真実を知りたい。

この九ヶ月、清香は仕事の時間をさいてまで、沙香の足跡をたどろうとした。良治が頼んだのとは別の探偵事務所にも依頼したし、警察にも何度も足を運んだ。だが警察は、沙香のことにほぼ無関心だった。死因が病死とはっきりしている上、自筆の書き置きを残した自発的な家出の末の病死なのだから、民事不介入の原則に従って、警察が関与できるケースではないのだ。それに比べれば当然ながら、探偵事務所は熱心に調査してくれたが、結果的には、数十万円の調査費用をかけて、わかったことと言えば、書き置きを残して家を出た日の朝、沙香が、ラベンダー色のワンピースを着ていた、それだけだった。たまたま見かけた近所の主婦が憶えていた、それだけ。

それが、三日前、突然、不動産業者を名乗る人物から清香のところに電話が入った。あなたが保証人になっている川崎正子（かわさきまさこ）さんが、アパートの家賃を滞納したまま姿を消してしまった。敷金を充当しても三ヶ月分の家賃が未納なので、その件で相談したい、という用件だった。川崎正子。そんな名前にまったく心当たりはなかった。が、その電話を受けた時、清香は直感で理解した。川崎正子というのは沙香が使った偽名だ。

不動産屋は、生まれてから一度も足を踏み入れたことのない、海のそばの小さな町にあった。川崎正子は、一年前にふらりと店に現れ、すぐに住めるアパートを探して欲しいと頼んだと言う。そして、最初に案内したアパートの部屋に入るなり、半年分の家賃を前払いするから、その日から使わせて欲しいと申し出たのだそうだ。大家は承諾し、川崎正子はその日からそこで、つまり、この部屋で暮らし始めた。それから半年経って、大家が、七ヶ月目からの家賃が振り込まれていないことに気付いて部屋を訪れたが、正子はいなかった。それから何度か足を運んだのに、一度も正子とは会えなかった。当然だ。川崎正子、つまり沙香はもう、その頃は骨になって墓の下にいたのだから。家賃の前払いの他に、敷金を三ヶ月分受け取っていたので、さらに三ヶ月、大家は待った。それから、礼金として受け取った二ヶ月分も待った。それでも正子が戻った気配はなく、だがわずかな家財道具はそのままになっていたので、ただの夜逃げにも思えず、大家は不動産屋に相談した。そして一年近くが経ってようやく、不動産屋は、保証人として名前が書かれていた清香のところに電話をして来たのだ。大家も不動産屋も、この町で十ヶ月近くも前に路上で病死していた女性が、その川崎正子だとは気づいていなかった。それも当然かも知れない。沙香の身元は、警察で指紋を照合して判明した。沙香は夫の良治が一度だけ、泥酔して警察に保護された時に身元引受人となっていて、その時に指紋をとられていた。そのため、新聞には沙香の本名が出た。川崎正子などという名前はどこにも出なかった。大家は沙香本人と顔を合わせたことがなく、不動産屋も、店に来た日に半日一緒にいただけ、その時正子は、黒い縁の野暮ったい眼鏡をかけていたらしい。本来の沙香は眼鏡など使用していなかった。沙香は、不動産屋に顔を憶えられないようにしていたのだ。

謎だらけだ。家賃の清算を済ませ、荷物の引き取りの手配をしてもまだ、清香には、この部屋に二ヶ月、沙香が住んでいたことが信じられなかった。その部屋にはほとんど、何もなかった。あったのは家から持ち出したらしいアルバム一冊に、押し花を挟んだ新聞紙の束と、わずかな洋服と下着だけ。

ただ、その押し花が挟んであった古い新聞の記事が、清香の興味を少しだけひいた。

そこには、清香と沙香が生まれ育った町で起こった凄惨な無理心中事件の記事が載っていた。

ラベンダーの花の香りがする、あの空家の。

2

物心ついた時に、その家はもう空家だった。小さな、何の変哲もない二階建ての家で、中の間取りの想像が容易にできるような、安っぽい建売住宅だった。ただ、敷地が変形だったためなのか、周囲の同じような建売住宅よりはいくぶん、庭が広かった。

そしてその庭は、人の手が入っていないので、荒れ放題になっていた。けれど、清香も沙香も、その荒れた庭が嫌いではなかった。雑草にもそれぞれに個性的な花がつくことを、四季を通じて空家の庭に入り込んで遊んでいるうちに、二人は知った。春にはタンポポやハルジオン、ハコベ。初夏には野生化してしまったヒナゲシやデイジーが咲き誇り、夏が来ればヒルガオが蔓を伸ばし、どこから種がこぼれたのか朝顔まで顔を見せた。やがて風に飛ばされた種からコスモスが花開き、ツユクサやオミナエシ、セイタカアワダチソウに混じって、彼岸花まで庭の隅に真っ赤な花を並べる。不思議なことに、誰も手入れなどしていない割にはススキやクズなどの勢いの強い草に覆われることもなく、侵略者と呼ばれるセイタカアワダチソウも、なぜか遠慮がちに黄色い花を整列させていた。二人はその空家の庭を、秘密の花園、と呼んだ。そして二人がその庭を何より気に入っていたいちばん大きな理由は、その庭の一ヶ所、内側からカーテンがひかれて中は見えない窓の下に、毎年六月になると、ラベンダーが茂ることにあった。

ラベンダー。その香りは心を安らかにし、心地よい眠りへと誘ってくれるらしい。二人の母親が好んで使っていたシャンプーにはラベンダーの香りがつけられていて、はじめは、母の髪の毛の香りに似ているので好きになった。けれど次第に、生のラベンダーの、香料とは比較にならないほど上品で甘く、清潔で清々しい香りに魅入られて、初夏の日々、二人は毎日、そのラベンダーの園に座り込んで過ごすようになっていた。ビニールシートをラベンダーのそばの地面に広げ、そこにお気に入りの人形を置き、絵本を広げ、母が作ったクッキーが包んである紙ナプキンを添える。そして二人は、日が暮れてそろそろ帰らないと母に怒られそうだ、と思うまで、そこで二人きりで過ごしていた。時にはラベンダーの香りに誘われるように眠りこみ、ささやかな夢を見ることもあった。
けれど、そんな日々はやがて、沙香が中学受験の勉強をはじめたと共に終わりを告げた。小学五年生の初夏は、清香ひとりでラベンダーの中に座っていた。そして六年生の初夏、清香もそこに座る代わりに、塾の授業に出るようになった。

　あの空家。そこでは二人が生まれた頃に、悲劇が起こっていた。新婚でその家に住んでいた夫婦がいさかいを起こし、夫が妻を刺殺して逃げ、どこかの海で投身自殺してしまったのだと、その新聞に書かれていた。最初に発見されたのは夫の溺死体で、所持品から身元が判明し、死者の家に駆けつけた警察官が、全身を包丁でめった刺しにされて血まみれのまま横たわっている妻の遺体を発見したとあった。殺害されてから閉め切った室内に三日も放置されていたのに、妻の遺体は腐敗していなかったと書かれていた。血まみれの遺体は、乾燥させたラベンダーの花穂で覆われていたらしい。ラベンダー無理心中事件、と新聞記事の見出しには書かれている。

清香は、弱い戦慄(せんりつ)が背中を走るのを感じた。

昔のことだ。遠い昔のこと。だが、あの窓の下に毎年咲いていたラベンダーは、あの家の若妻の、血まみれの遺体を覆ったラベンダーからこぼれた種から育ったものだったのかも知れない。そんな気が、なぜか強くした。

人死にがあったからずっと空家だったあの家。誰も手入れしていないのに、毎年、香り高い花をつけていたラベンダー。

ふと、疑問があたまをよぎる。沙香はこの新聞を、いったいどこで手に入れたのだろう? 図書館に行けば昔の新聞を読むことはできるだろうし、頼めばコピーもとらせてもらえるかも知れないが、この束はコピーではない。かさかさに乾いて、黄色く変色してしまっているけれど、これは新聞そのものだ。今から三十数年も前の新聞。切り抜かれたスクラップ記事ならともかく、これは一日分まるごと、畳まれている。どこかの、とても物持ちのいい家に保管されていたものを沙香が譲り受けたのだろうか。でも、どうして？

何かの偶然で沙香はこの新聞をどこかで見つけた。そして、幼い頃、ふたりでいつも遊んでいた空家の事件について書かれていることに気づいた。きっと、じっくりと読んでみたくて、誰からかそっくり譲り受けて来たのだろう。そして読み終わっても捨てる気にはなれずに、押し花を挟んでいた。

それで矛盾はない。けれど。

何か、予感のようなものがあった。沙香がどうしてひとり、家族を捨ててこの町に来たのか。なぜ、愛していたはずの夫や子供を残してまで、ここで暮らしたのか。その理由を、この新聞が知っている。そんな予感。

清香はアルバムと共に新聞も包んだ。その他の荷物は、引っ越し業者に頼んで荷造りしてもらい、実家に送ることにした。いずれにしても、学生の下宿部屋ほどの荷物もない。

清香は実家に向かった。実家は引っ越しをせず昔から同じ町にある。あの空家と同じ町に。

実家に寄ってアルバムだけおくと、新聞は、ラベンダー無理心中事件が載っているページだけ、切り離してポケットに畳んで入れた。

＊

空家は町のはずれに近いところにあった。清香の実家からは、子供の足ではずいぶんかかったような記憶があるが、大人になった今、歩いてみると、わずか十分足らずの距離だった。だが道を間違えたはずはないのに、目指した場所にあの家はなかった。代わりに、四階建てのワンルームマンションが建っている。マンションの外壁は決して新しくは見えない。少なくとも十年は経っていそうだ。

清香はがっかりすると同時に、いくらかほっとしてもいた。

考えてみれば、あの空家が空家のままで今でもここにあったとしたら、風雨にさらされてぼろぼろになり、廃屋、という状態になっていただろう。気の毒な事件で命を落とした持ち主の遺産相続がどうなったのかはわからないが、いずれにしても、そんな廃屋がいつまでも残されているわけはない。相続した人が売却するなり建て替えるなりして当然なのだ。目の前に現れたのが、崩れかけた廃屋ではなく、ごく普通のマンションだったことで、自分が生まれ育ったこの町には、ごく当たり前の時が流れていたのだ、と、あらためて実感することができる。

だが、それはそれとして、清香はやはり、あの空家を探すことに未練があった。建物としてのあの家はもう消えてしまったとしても、沙香が古い新聞記事を保管していたことと沙香の突然の家出とは、きっと何か関係がある、と、清香の勘が告げている。

清香は駅の方角に向かって歩いた。駅前には不動産屋があったはずだ。

記憶のとおりに、小さな不動産屋が今でも店を構えていた。昔ながらの、壁代わりのガラス一面に、間取り図と家賃が書かれた紙が貼り付けてある店だった。さっと見たところ賃貸物件専門の店のようで、あのワンルームマンションも扱っているかも知れない。

清香の読みどおり、ワンルームマンションもその不動産屋で扱っている物件だった。

「あれが建ったのはもう、十五年は前ですよ」

まだ三十代に見える店主が言った。

「僕が高校の頃だったから。新築の時、親父のかばん持ちでついて行ったことあるけど、このあたりのワンルームマンションとしては洒落てましたよ。今だってそんなに古くないですよ。内装は借り手が代わるたびに手を入れてるしね」

「あれが建つ前、あそこには空家がありましたよね」

「ああ、ええ」

　店主は警戒するような表情をちらりと見せた。大昔の心中事件のことを知っているのかも知れない。

「昔のことなんて詳しいことは知りませんが、最初の持ち主さんが突然の事故で亡くなったらしいんです。その人には子供も親もいなくて、相続したのが叔父さんだったか何か、親戚では、遠くに住んでいたんで、ほったらかしになってたらしいですよ、長い間。きっと金持ちだったんでしょうねえ、あれでも敷地はけっこう広いから、普通の人だったらさっさと売るか、新しい建物に建て替えるでしょうからね。十五年前にその人が亡くなって、その人の息子さんが相続した時、財産の整理でもしたんじゃないかな。ようやっとぼろ家が取り壊されて更地になって、売りに出されたんです。買ったのは企業ですよ、賃貸マンション経営の」

　不動産屋の説明には、何の手がかりもなかった。あのマンションを建て替えたのが、心中した夫婦の関係者であれば、という思いがあったのだが、どうやらまるで無関係な企業の手に土地ごと渡ってしまったらしい。かと言って、遠方に住んでいるという、心中した夫婦のどちらかの親戚筋にわざわざ会いに出かけても、いったい何を質問したらいいのか見当がつかない。

途方に暮れて、清香は再び、空家のあった場所へと戻った。何か小さなとっかかりでも見つからないか、と思いながら。

そして、見つけた。

ワンルームマンションの玄関脇の花壇に、ラベンダーが数株、植えられていた。

清香は膝(ひざ)を折って座り込み、薄紫色の花に手を伸ばした。つん、と、甘い香りが鼻(び)腔(こう)を満たす。

「手折らないでくださいね」

突然、声がして、清香はあたまを上げた。花壇の向こう側に、見知らぬ女が立っていた。清香よりも若い女。だが服装は地味で、腕には古風な買い物カゴを下げている。最近のエコブームで、スーパーのレジ袋をもらわないで持参した袋を使う人は増えているのだろうが、昔のドラマでしか見たことのないような古風な買い物カゴは、かえってとても新鮮に見えた。三つ折りにした白いソックスにぽっくり型のサンダル、小花柄のワンピースにサマーニットのカーディガン。まるで昭和四十年頃を背景にした映画に出て来るヒロインのように、その女は微笑んでいた。

「種をたくさん蒔いたのに、この花壇は土が悪くてそれだけしか育たなかったんです。管理人さんは雇われで、気が向いた時しか水をやってくれないし」

「あの、このマンションにお住まいの方ですか」

「ええ。あなた、ラベンダーがお好き？」

「あ、はい」

「それなら、ちょっと寄っていかれません？　これから、ラベンダーのお茶をいれようと思っていたところなの」

「あの、でも、ご迷惑では」

「清香さん、でしょう？」

告げた記憶はないのに名前を呼ばれて、清香はどきりとした。

「すぐにわかったわ。だって、声がそっくりなんですもの。沙香さんがいつも言ってらしたから。双子の姉とは、顔はあまり似ていないけれど、声がそっくりなのよ、って」

「沙香をご存知だったんですか！」

「もちろん」

女は楽しそうに笑った。
「とても仲良しでしたのよ。いつもわたしのところに寄ってお茶を一緒にいただいて、いろんなお話をしたわ。さあ、こんなところでいつまでも立ち話していても、ね、寄っていってくださいな」

3

知りあったのは清香の時と同じ、沙香があの花壇にわずかに育っていたラベンダーに屈(かが)みこんでいたのを見つけた時だ、と、カワノミカと名乗った女は言った。どんな字をあてるのかは訊ねなかった。ラベンダーの香りがほのかにする紅茶と、ローズマリーが焼きつけられた薄いビスケットが出され、その手作りらしいビスケットは、甘味がなくて清香の好みにとても合った。ミカはまだ二十代で、結婚したばかりらしい。外から見た時にはワンルームマンションだと思ったその建物には、1DKの部屋もあり、ミカの部屋も、洋室が一部屋と、ダイニングキッチンのある部屋だった。決して充分な広さとは言えないが、新婚夫婦ならばなんとか暮らしていけるスペースなのかも知れない。

ミカは話し好きで、会話のコツを心得ていた。清香はいつのまにかすっかり打ち解けて、仕事のことや沙香のことをミカに話した。だが、沙香がなぜ突然に家を出て、見知らぬ町でひとりで暮らしていたのかについては、ミカにも何も心当たりはないと言う。ただここ一年近く、沙香が顔を見せないので心配していたのだ、と、ミカは少し悲しそうな顔になった。

「心臓が急に停まったのならば、痛くはなかったでしょうね」

ミカがそう言った。清香は頷(うなず)いた。友人の死にざまに対する感想としては飾り気がなさ過ぎる言葉だが、最期の瞬間に苦痛はなかったろうと思えば、確かに、残された者の気持ちは楽になる。

時間の経つのも忘れて、清香は沙香の思い出をミカに語った。思い出、とは言っても、別々の中学に進学してからは、一緒に行動することが極端に減り、ごく普通の姉妹のようなつきあいがあっただけだったので、話はもっぱら、幼い頃のことになる。このマンションが建つ前にここに空家があったこと、その空家の庭の一角にラベンダーが咲いていたこと、そのラベンダーの花に埋もれるようにして遊ぶのが大好きだったこと。その空家で起こった悲劇については話さなかった。いくら昔のこととは言え、人が死んだ場所に暮らしていると知れば、気分がいいはずはない。

ミカは、清香と沙香がラベンダーを好んでいたことを知って嬉しそうだった。

「いちばん好きなハーブなの」

ミカの瞳が輝く。

「この香りが身の回りにないと落ち着かなくて、いつも種を持ち歩いていて、花壇の隅とか街路樹の根元とか、地面を見つけると蒔いてしまうの。でも、育たないんです、東京では。ちゃんと手入れしてあげれば育つんだろうけど、ただ種を蒔いただけだと。きっと東京は湿気が多くて暑過ぎるのね」

「下の花壇のものは、きれいに薄紫の花穂をつけていますね」

「あれも苦労したのよ。毎日水やりをしているんだけど……夫が踏みつけてしまうの」

清香は、ぎょっとしてミカの顔を見た。ミカはなんでもないというように、にこにこしている。

「……ご主人は、ラベンダーが嫌いなの？」

「そうね、そうみたい」

ミカは笑顔のまま言った。

「この匂いを嗅ぐと、あたまが痛くなるんですって。ズキズキして、何も考えられなくなるって言うの。それでわたしがラベンダーを育てるたびに、踏み潰してしまうんです。昔のことをいつまでも気にしているのよ。おかしな人」

「昔の……こと？」

「夫婦喧嘩よ。たいしたことじゃないわ。どんな夫婦でもすることよ。わたしがいけなかったのかも知れない。ラベンダーの香りが好きだったから、家中の石鹸もシャンプーも芳香剤も、すべてラベンダーにしていた。だからあんな香りがするはずがなかったの。あんな香り……あれはホワイトローズよ。白薔薇の香り。あの日、夫のからだから白薔薇が香った……」

清香は、笑顔のままでうわごとのように喋り出したミカの姿に、なぜかひどく、背中がざわざわと波立つような奇妙なおぞけを感じた。新婚なのに、ミカの夫は浮気をしたのだろうか。だがその話を、どうしてミカはこんな表情で話すのだろう。

「白薔薇の香りね、って言っただけなのよ、わたし。責めたつもりはなかった。夫がわたしを愛していないのは知っていたもの。結婚前から」

「あの……ミカさん」

「夫はね、サラリーマンなのに株に手を出して、大変な借金を背負っていたの。それで、両親が事故死して遺産が転がりこんだばかりのわたしに目をつけたのよ。ううん、遺産、って言ったって、そんなにたいしたものじゃなかった。この土地とそれに少しばかりの現金。それでも夫にとっては、喉（のど）から手が出るほど欲しいお金だったのでしょうね。それでわたしを愛しているふりをして、わたしを騙（だま）した。でもわたし、それはいいの。だってわたしは夫のことを愛した。好きで好きで、結婚できた時は本当に嬉しかったのよ。自分を幸せな女だと思っていた。だから騙されたことなんて、どうでもよかった。だって結婚してしまった以上、夫はわたしのいるここに戻って来るしかないんだもの。たとえわたしのことなど愛していなくても、わたしと別れてしまえば、また無一文になるから。わたし、恨みがましいことを言ったつもりはなかったのよ。ただ、この香りはラベンダーではない、わたしの香りではない、そう思ったから口にした。白薔薇だ、と。夫は気のせいだと言ったの。おまえの鼻がおかしいんだ、って。そう言われたのでわたし、むきになったのよ。だってラベンダーの香りとホワイトローズの香りとは、まるで違うものだもの。ラベンダーはね、死んだ母の香りなの。母がラベンダーが大好きで、シャンプーも石鹸も香水も、すべてラベンダーの香りだった。だからわたしも好きになったの。間違えるはずがない。この香りは絶対に白薔薇よ、そう言った。そうしたら、なぜなのかしら、夫はとても、とても怒ったの」

ミカは顔に笑みをはりつけたままで首を傾げた。不気味な前衛芝居のような表情だった。清香は腰を浮かした。

「あの、ミカさん、わたし、今日はそろそろ失礼しようかと……これから買い物に行く予定があって」

「まあ残念」

ミカは笑顔を崩さずに言った。

「そろそろ夫が帰って来る頃だから、清香さんのこと紹介しようと思っていたのに。夫はね、沙香さんのこと、とても気に入っていたのよ」

「気に入って……いた」

「ええ、それはもう！　今も言ったでしょう、夫はわたしのこと愛していないの。それなのに、もう永遠にわたしと離れて暮らすことはできない。だから他の女性になぐさめてもらいたがっているの。夫はね」

ミカの笑顔に、一瞬、稲妻のような怒りが走って消えた。

「口がうまいのよ。女性をその気にさせるのが、とても。ごめんなさいね、悪気はなかったと思うの。でも沙香さんを見た時、思い出してしまったのじゃないかしら。沙香さんって、夫の浮気相手だった女性に面影が似ていたみたい。夫の浮気相手だったその女性は、この近所に住んでいる人だったのよ。そうそう、双子の女の子の母親になったと聞いたことがあるわ。……あら、沙香さんと清香さんも双子だったわね……そう言えば」

清香はミカを凝視していた。逃げ出そうとしているのに、腰から力が抜け、膝が畳につく。

「沙香さんも、下の花壇のラベンダーに気づいて香りを嗅ごうとしていたから、わたし、お茶にお誘いしたの。今みたいに。そして夫が帰って来て、沙香さんのことをとても気に入ってしまったのよ。昔、本当に愛した人に顔が似ていたからでしょうね。そう、夫はね、その浮気相手の女性のことが本当は好きだったのね。だから浮気とは言えないのかも。いずれにしても、沙香さんにはご迷惑をかけてしまってすみません。夫の気まぐれがいけないんだわ」

「……沙香は……ミカさんの……ご主人と何か……？」

「さあ。何かあったのか何もなかったのか、わたし、気にしていないから。夫はもう永遠にわたしから離れることはできないんですもの、だからもう平気なのよ、わたし。でも夫のことだから、きっと沙香さんに、家を出て自分と暮らしてくれ、ぐらいのことは言ったと思うわ。ほら、わたしも夫も、いつでも好きな時に好きな場所にいることができるでしょう？　だからこうやって留守にしている間、どこか知らない町で、沙香さんと暮らしていることだって、できたのかも知れない……沙香さんが気づくまでは」

沙香が、気づくまで……気づく……

「わたし、夫には忠告していたんだけど。いつか沙香さんだって目が醒めてしまう、そうしたらどうするの？　って。沙香さんはひどくびっくりして、怖くなって、もしかしたらあたまがおかしくなったり、怖すぎて心臓が停まってしまったりするかも知れないって。でもね、こんなことあなたに言っても仕方ないことだけれど、沙香さんだって隙はあったと思うのよ。きっと沙香さん、生活に不満とか不安とか、抱えていたんじゃないかしら。わたしにはわかるの。沙香さんって、本当は、あなたみたいな人生がおくりたかったんだろう、って。沙香さんはあなたみたいになりたかったのよ。早くに結婚して子育てに追われるような人生ではなくて、あなたみたいに、好きな仕事をして自由に外を出歩く、人生をそんなふうにやり直したいって思っていたんじゃないのかな。夫が言ってたわ。沙香さん、自分たちの恋愛のことを戯曲にしてみるつもりみたいだ、って。でも結局、それは書けたのかしらね？　わたしちっとも知らなかったのよ、沙香さんが亡くなられてしまったなんて。……あら、夫が帰って来たわ。ほら、足音が」

ギシギシと、確かに廊下が鳴っていた。もうすぐあのドアが開き、ミカの夫が姿を現す。清香は必死に、畳んでポケットにしまったはずの新聞を取り出そうとしていた。確かめなくてはならない……ラベンダー無理心中事件の犯人と被害者、その共通の……名字を……確かめなくては……

「大丈夫よ」

ミカが、完璧な笑顔のままで言った。

「双子でも、あなたと沙香さんはまるで似ていないもの。夫はたぶん、あなたには興味を抱かないと思うわ。でもあなたはあなたで、沙香さんの人生を羨ましく思っているのね。沙香さんみたいに、家庭を持ってゆったりと生きてみたいなんて、考えている。だからわたし、あなたとは本当の友達になれそうな気がするの。あなたはわたしの理解者になってくれる。あなたなら、沙香さんのようにわたしを裏切ったりしないわ。でしょう？」

ラベンダーの甘い香りが濃密にあたりを包む。そしてその芳香に混じって、次第に、生臭く、それでいてさびた鉄のようにとがったにおいがどこからともなくたちのぼる。清香はテーブルの上に目を移した。お茶のカップに伸ばされた白い指。その指にはにぶく光る結婚指輪がはまっている。そして……流れている……赤いもの……赤い、赤い、赤い……

足音が止まった。ドアが開く。
「ただいま」
男の声がする。
清香は、目をつぶろうと懸命に全身を震わせながら思った。
わたしと沙香は違う。
わたしは、沙香じゃない。
血にまみれた白い指が、不意に清香の手を掴んだ。清香は悲鳴もあげられずにただ口を開けた。

ミカが言った。

「そう、あなたは沙香さんじゃない。だから、ずっとここにいてね。あなたはわたしの、おともだちよ、もう」

「ち、違う！」

清香は叫んだ。

「わたしは、あ、あなたのともだちなんかじゃない！　わたしは沙香と同じ、同じなのよ！」

清香は声を振り絞り、自分の手を摑んでいるミカの、透き通るほど青白い指をふりほどこうと、全身の力を込めて手を振った。だがミカの長い指は清香の皮膚に食い込み、その爪が傷つけた清香の手の甲から赤い血が滴る。

「どこが同じだというの？」

遠くから足音が近づいて来る。

ただいま、とまた声がする。

「あなたと沙香さんは少しも似ていない。考え方も、選んだ人生も、まったく違っているじゃないの。あなたは沙香さんと違って、夫の好みではないし、わたしを裏切ったりもしないのよ。沙香さんは気の毒だったけれど、ある意味、自業自得だわ。夫があの人に幻を見せたとしても、あの人の心がそれを求めていなければ幻は幻のままだったはず。なのに沙香さんは、夫の気持ちを受け入れた。沙香さんは幸せではなかったのよ。おだやかでささやかな日常、平凡で静かな日々。そんなもの、一皮剝けば、毎日毎日同じ事を繰り返すだけの、むなしい惰性以外のなにものでもない。沙香さんはそれに気づいてしまった。自分が幸せなんかじゃないことに、気づいてしまったのよ！」

足音が、止まった。


「ミカ」

ドアの向こうで男の声がする。

「お客さんかい？」

「いいえ」

ミカは言った。

「あなたには関係のないひとよ。わたしのおともだち。あなたは会う必要がないひと。

このひとは沙香とは違う。あなたの愛を一時でも受け入れたりはしない」

「本当かい、ミカ」

男の声が言った。

「本当に沙香ではないのかい？」

「違う。このひとは違うひと」

「隠していないかい？」

「隠してなんかいないわ」

「じゃあ沙香はどこに行ってしまったんだろう」

「沙香は帰ったのよ。彼女がもともといた世界に帰ったの。あなたとのことが悪い夢だったと気づいて」

ミカが、にたり、と笑う。

「……気づいて、びっくりして、錯乱して……心臓が停まってしまった」

ドアがガタガタと鳴った。

「沙香はどこに行った！　沙香は！」

「だから、帰ったの。帰って死んだ」

ドアがさらに激しく鳴る。

「いくら騒いでも無駄よ。あなたのそばにいる女はわたししかいない。白い薔薇の香りの女はとうの昔にあなたを捨てて消えた。沙香も消えた」

「沙香ぁぁ！」

男の声が絶叫する。

「うるさい！」

ミカが叫んだ。

「あなたはここに入って来られない！　あなたはずっと外で待つの、わたしを待つのよ！　わたしはあなたが戻って来てくれるのを待っていた。黙って待っていた。ただ白薔薇の香りがする、とあなたに言っただけだった。責めてなんかいなかった。なのにあなたはわたしを……わたしを……殺した！　あなたは人殺しよ！　そしてあなたは、誰にも愛されない、もう二度と！　あなたはそこで彷徨うしかない、外で泣きわめくしかないのよ！　わたしはともだちを見つけた。ラベンダーの香りが好きな、わたしのともだちよ。わたしはここで、このひとと暮らす。永遠にここで！」

清香は、叫んだ。

「わたしはここよ！　わたしは沙香よ！　わたしの声がわかるでしょう？　わたしの声を憶えているでしょう！　わたしはここ、ここよ！」

「沙香！　沙香の声だ、沙香！」

「違う！　この女は沙香じゃない！」

「沙香！」

ドアが激しく揺れ、大きな音をたてて壊れた。

何かが部屋に入って来た。

清香は目をかたく閉じた。開けてその何かを見ることは出来なかった。

生臭い……腐った水の臭い。藻の臭い。

ビシャ。

濡れた音。

ビシャ。

濡れた何かをひきずる音。

「……沙香」

震えて嗄れた男の声。

「おまえは……おまえは……」

「わたしよ！」

清香は目をつぶったままで叫んだ。

「わたしよ！　あなたの……香織よ！」

香織。それは、母の名。

絶叫が響いた。獣が吠える声。

ミカの？

それとも……

「おねえちゃん」

ラベンダーの香り。

「おねえちゃん……こっち」

甘い香りが誘う。

清香は目をつぶったままで立ち上がった。腐った肉と腐った水の悪臭がたちこめ、獣の怒号がこだまする。

両手で耳を塞いだ。

ここで争っているのは、はるか昔に肉体を失った哀しい二つの魂だ。天に昇ることができずに、ここに囚われたままで醜く憎悪し合い、その憎悪の中で愛しあったままの、あまりにも寂しい、男と女。

「おねえちゃん……ごめんね」

柔らかな手が、清香に触れた。

「わたし、おねえちゃんが羨ましくて。おねえちゃんみたいに生きてみたかった。弱い心があの化け物に捕まってしまったの。でも……正直に言うね。たった二ヶ月だったけれど、幻の中であの化け物と恋をして、たぶんわたし、幸せだった。どうしてなのかわからないけれど、幸せだった。……おねえちゃん、お願い。娘を……あなたの姪を、どうか……愚かな母親がしてあげられなかったことを、少しでいいからしてあげてください」

「……沙香」

「こっちよ。こっちよ。大丈夫、わたしがここから連れ出してあげる」

ラベンダーの香りが強くなった。

甘く清い香りに包まれて、清香はからだがふっと重さを失うのを感じた。


不意に、閉じた瞼の裏側が白くなった。

熱い光を感じた。

「もう大丈夫。目を開けて」

おそるおそる瞼を開く。目の前には、さっき入って行ったはずの、小さな賃貸マンションがあった。

玄関脇の植え込みに目をやる。

倒れた草。

紫色の花が踏み潰されている。

誰かが靴で踏みにじった、ラベンダー。

陽射しがふり注いでいた。

ああ、もう夏なんだ。

「さやちゃん」

清香は囁いた。

「さやちゃん……まだいる？　おねえちゃんのそばに、いてくれてる？」

「いるよ」

頭の横で声がした。けれど、首をひねって見なくても清香にはわかっていた。そこには誰もいない。

誰も、もう、見えない。

「でも、そろそろいかなくちゃ」

「待って。もう少し……おねえちゃんのそばにいて。さやちゃん、わたしわかったの。わたしたちやっぱり、二人でひとつだった。双子だもん。顔が似てなくても双子なんだもん。そばにいて。さやちゃん」

「ごめんね。でも嬉しい。ありがとうおねえちゃん」

沙香が微笑んだような気がした。

「大丈夫、そばにいるよ。これからも……おねえちゃんが呼んでくれたら、ちゃんとそばにいる。今はいくけど……またいつでも逢える。おねえちゃんの中に、わたしはいるから」

「さやちゃん！」

「ラベンダーはね」

沙香の声が、次第に薄れていく。

「魔除けなんだって。聖なる草とされていたんだって……だから……」

最後は聞き取れなかった。

けれど、清香には理解出来た。

母がラベンダーを好んだのは、あれから逃げる為だったのだ。それまでは白い薔薇の香りを好んでいた母、あれに愛されてしまった母は、あれから逃げて父と出逢い、わたしたちを産んだ。

けれどあれは沙香を見つけてしまった。そして沙香に幻を見せて自分を愛させようとした。

ミカはいったい、何だったのだろう。ミカもまたあれと同じ世界の何かだったのだろうか。それとも、あれを封じ込める為に存在する、唯一の女、だったのか。

ミカとあれは、どうなったのだろう。
どこに消えたのだろう。
清香は振り返った。
誰もいない。ただの、ありふれた街角。
どきり、とした。
さっきまで、あそこにはあんなものはなかったはず。
そこに、白い薔薇が咲いていた。
唐突に一輪、細く頼りない茎を風に揺らして。
それは決して摘み取ってはいけない、欲しいと思ってはいけない花なのだ、と思った。
けれど。
清香は、その花が欲しくて、欲しくて欲しくて、たまらなかった。

雪を待つ

朝の天気予報に心が浮き立った。東京は午後から雪がちらつくでしょう。やっと来た。ようやく、雪が降る！

1

大雪に見舞われた東京の町の記憶、あれはいつのことだったろう。断片的に脳裏に甦(よみがえ)るのは、目が痛むほど眩(まぶ)しい白い光と、奇妙な彫刻のようにじっと動かない、雪に覆われた自動車の形。とてもとても、静かだった。除雪車など東京には数も少なく、少しでも雪が積もると簡単に交通は麻痺(まひ)してしまう。けれど、もともとさほど気温が低くはならず、大雪が降るのはたいてい、冬型の気圧配置がゆるんだ春先だったこともあって、朝から降っていた雪が午後まで降り続く、ということはあまりなかった。

朝のうちは、真っ白になった世界になすすべもなく歯がみしていた都会の人々も、昼を過ぎればもうとけ始めた雪をシャベルでどけていつもと同じ生活に戻り、シャーベットのようになった道路を走る車の熱気で車道の雪もまたたくまに消えてゆき、日が暮れる頃には、一面の銀世界だったことなど夢の中の光景だったのか、とさびしくなるほど、東京の雪は、はかない。

なのに、あの日は違っていた。


朝、目を開ける前に雪に気づいた。

瞼が白っぽく明るい。でも太陽の光ではない。わたしのベッドが置かれていた窓際は東向きではなかったので、朝になっても閉じた瞼が白く感じるほどの光はさし込まなかった。その白さは、特別な白さ。わたしは瞼をしっかり閉じたままで、耳をすませた。

雪の日には雪の日の音がある。

チャリチャリチャリチャリ……

少し甲高い音が近づいては遠ざかるのは、車のチェーンの音。タイヤがかためられた雪の上を進むざざざっ、ざざざっ、という音もする。さくさくさく、かすかに重なって聞こえて来るのは、雪を踏む通行人の長靴。遠く子供の歓声。東京の子供たちはみな雪が好きだ。滅多にない大雪の日。すぐに動かなくなってしまう電車。遅れるバス。先生達が来られないので、学校はお休み。

ほんとかな、ほんとに雪かな。わたしは毛布から顔半分だけ出したまま、期待で胸をどきどきさせながら、そっと、そおっと瞼を開けた。

眩しい。

すぐ目を閉じた。それから、そろそろと、細くあけた。

二枚のカーテンが中央で重なるはずの部分が、だらしなく開いている。昨夜、いつものように空のオリオン座を探して窓を開け、見つからなくて閉めた、その時、ちゃんとカーテンを引っ張ってあわせておくのを忘れたのだ。その隙間から、窓ガラスを通して真っ白な光がさし込んでいた。

白くて、熱のない光。輝かず、ミルクのように空気に溶ける、光。

「雪だっ!」

わたしは叫び、とび起きて窓を開けた。

東京は真っ白だった。

窓のすぐ下に、四車線の大通り。幹線道路に面していたわたしの家。いつもは朝の七時ともなれば、その通りいっぱいに車が埋め尽くしてつらなって、排気ガスの臭いが窓を閉めていてもどこからか部屋の中に入り込んでいる。それが、その朝は、チャリチャリと情けない音をたててチェーンを巻き付けた自動車がゆっくりと通り過ぎ、それからまたしばらくして次の一台が、というほど車が少なかった。深呼吸しても、嫌な臭いが感じられない。

「おかあさーん、雪、雪だよ！」

まるで世界でいちばん最初にその白い雪の町を発見した、とでもいうような騒ぎ方をしながら、わたしはパジャマのままで階段をかけ降りた。もちろん、母はその朝が大雪だということぐらい知っていた。父も、兄も知っていた。その家で毎朝、いちばん遅く起きるのがわたしだったのだ。

わたしが起きる頃には、もう父も兄も出かけている。父は二年前まで、バスでほんの二十分ほどのところにある工場に勤めていたのだが、その工場が千葉に移転してしまい、仕方なく、一時間半もかけて電車で通っていた。兄も、昨年の春に入学した高校が東京の西のはずれにあって、授業に遅刻しない為には午前七時過ぎの電車に乗らなくてはならず、父と一緒に六時四十分頃には家を出てしまう。そしてわたしが起きるのは、毎朝、七時の目覚まし時計のベルによってだ。

母も働いているのだが、母だけは自転車で十分ほどの近いところに勤めていたので、わたしが集団登校の列にくわわるまで見ていてくれることができた。集団登校の集合時間は、八時十分。学校まではひとりで歩けばたった五分。なのに、遅れて来る子供が毎朝ひとりふたりといたので、列が出発するのは十五分を過ぎた頃だ。そして、歩くスピードは一年生に合わせてゆっくりなので、学校に着くと朝礼時刻ぎりぎりになってしまう。ひとりで学校に行かせてくれるなら、もっと早く着けるのに。いつも不満だった。ある朝、家を出てすぐ、雨がぽつぽつと降って来た。天気予報で雨になると知っていたので、母はわたしに傘を持たせてくれていた。でも集団登校の集合場所までついて来るくらいの間は降らないと思ったのか、母は傘を手にしていなかった。

「お母さん、雨だよ。もういいよ。ひとりで行ける」

「あらそう？」

額にぽつんと雨粒が当たった。母の頬にも雨粒が当たって流れていた。

「じゃ、ごめんね。お母さん、戻るから。気をつけて行くのよ」

わたしは手を振り、集合場所まで駆けた。でも母の姿が見えないことを確認してから、集合場所を通り過ぎてそのまま学校に向かった。

「きみちゃん、だめだよ。ひとりで行ったら怒られるよ！」

集団登校で一緒の、近所の子がびっくりして叫んだ。でもわたしは無視してそのまま歩き続け、五分で学校に着いた。いつもより十分も早く教室に入る。同じ集団登校でも、学校からの距離によって班ごとに集合時間が違う。遠い班ほど余裕をみて集合時間を早くしているので、その子たちはもう学校に着いている。それが羨ましくて妬ましかったのだ。一度でいいから、その子たちと同じ時間に教室に入りたいと思っていた。

だから、満足していた。翌日、先生に職員室に呼ばれ、いろいろと訊かれた。集団登校の班に不満があるのか、誰かと一緒なのが嫌なのか、いろいろ。でも結局、ただ早く学校に着きたかっただけだと言い張るわたしに、先生は雷を落とした。身勝手で我儘で、他の人の迷惑を考えない、恥ずかしい行為だと怒鳴られた。もう四年生なのに、していいことか悪いことか、よく考えなさい、と言われた。よく考えたのだ。そして、悪いことだとはまったく思わなかったのだ。だからしたのだ。

そう、昔から、わたしはそんな子供だった。だから、あまり友達が多くなかったと思う。虐められた、というほどはっきりとした記憶はないけれど、仲間はずれぐらいには、しょっちゅう、なっていた。でもあの頃の子供は、今の子供たちに比べれば、いつも物事の限度、というものを知っていたのだと思う。仲間はずれにするにしても、いつまでもしつこくしているということはなくて、ある程度の時間が経って気が済めば、誰かがきっかけを作ってくれて、仲間はずれは終わった。

その雪の朝も、母は連絡網の電話を待っていたけれど、わたしはひとまず集団登校の集合場所までは行くことにして、長靴を履き、ランドセルを背負って家を出た。たった一度、自分勝手に登校してしまったことで、それから何度も先生に小言を言われ、集団登校の班長だった六年生からも怒られた。もう絶対に、勝手に登校しません、と反省文も書かされた。だから少し意地になっていたのだ。学校が休みになることは、その真っ白な町を一目見ればわかることなのに。

それでもわたしひとりではなかった。もうひとり、ランドセルを背負い、ピンク色の長靴を履いて集合場所にやって来た子供がいた。ちょうどわたしの家の真裏にある木造のアパートに住んでいた、隣りのクラスの女の子。名前はもう思い出せない。あだ名すら、忘れてしまった。その子は二年生の時に転校して来て、五年生のいつだったか、また転校していなくなった。ただ、髪の毛を長く伸ばして二つに分けて結んでいて、いつも両耳の横に、結ばれた髪が犬の耳のように下がっていた、それだけが強く記憶に焼き付いている。その朝も、その子の髪は犬の耳そっくりだった。傘を手にしているのに、それを横にしてくるくるとまわしていたから、髪には雪がうっすらと積もっていた。

「おはよう」

「あ、きみちゃん、おはよう。学校、あるのかな」

「たぶん、ないよ。でもお母さんが電話待ってる」

「うちは電話、ないの」

　その子は確か、そう言ったのだと思う。今なら、そんな馬鹿な、携帯も持ってないの？　という会話になりそうだが、あの当時、自宅に電話がない家はまだけっこうあった。アパートの共用電話で呼び出して貰う、いわゆる「呼び出し」の「呼」の字が番号の前に付いている、そんなのはごく普通のことだった。その「呼」の字すらなく、番号自体が名簿で白くなっている、という子もクラスにひとりか二人はいた。だから電話連絡網の他に、何かあったら近所の家がそうした子の家に連絡を伝える係になっていた。でもその子とはクラスが違っていたので、わたしの家がその子に連絡をする係でなかったことは確かだ。

「ママが、とにかく集合場所に行って、半まで待ってなさいって言ったから出て来た」

「伝言が来るでしょ、そのうち」

「ママ、もう寝るって。だから誰かが連絡しに来ても、誰も出ないの」

「ふうん」

興味がなかった。その子にも、その子のママにも、その子の生活にも。とにかく八時半までここにいて、それで誰も来なければ、学校は休み。だから来た。その子の説明に納得した。電話連絡網は八時半までにまわって来ることになっていたから、それで問題はないのだ。

それから何か話したような記憶もあるけれど、たいしたことは喋っていなかったと思う。二人とも、お喋りをするよりも雪で遊ぶ方が楽しかったし、小学生というのは、違うクラスの子とは共通の話題なんてない、そういう排他的な存在だった。長靴で雪が深いところをわざと歩き、ずぼりと足が沈む感覚を楽しんで、二人で笑い合った。傘に積もった雪をくるくるまわして吹き飛ばすと、飛んだ雪が相手の顔に当たって、それでまた笑った。他には誰もいなかった。誰も来ない路地裏。見えるものは、家々の塀ばかり。やがてわたしは傘を閉じて、それを槍のようにして雪を突いた。積もっていく雪に向かって、えい、と突いた。でも何の手応えもない。どんどん突いて、やがて、グズッ、と手応えがあった。足で雪を蹴ってどかすと、塀沿いに置かれた植木鉢の土に傘の先が刺さっていた。雪にすっぽりと覆われて、植木鉢はただの白い塊に見えていたのだ。よく見れば、塀に沿って同じような塊が行儀よく並んでいる。そうだった。雪が降っていなければ、そこには家々の持ち主が丹誠こめて並べた、草花や盆栽の鉢があった。その路地は狭く、車は通れない。だから集団登校の集合場所に指定されていたのだろう。そして、車が入って来ない下町の路地裏は、植木鉢に植えられた植物の展示場になる。もう三月で、気の早いチューリップの蕾が開きかけていた頃だったので、路地に並ぶ植木鉢にもいろいろな花が咲いていた。盆栽の梅、水仙、桜草。それらがすべて、無残にも、冷たい雪に閉じこめられてすっかり姿を隠していた。

花が嫌いだったわけではなかったし、花が憎かったわけでもなかった。ただ、子供らしく無邪気で残酷だっただけ。わたしともうひとりの子とは、傘の槍で雪に覆われた植木鉢を、次々と突き刺して遊んだ。時々、ガツン、と傘を持つ手に衝撃が走り、雪の中で鉢が割れたことがわかったけれど、恐かったので雪をどけて確かめたりはしなかった。そして時々は、土を突き刺した時とは明らかに違う感触も、手に伝わって来た。花の茎を折ったのか、球根を突き壊してしまったのか、葉に穴を開けてしまったのか。雪をどけてみれば惨事の確認はすぐできる。でも、わたしは雪をどけなかった。自分が傘を突き刺して遊んでいるのは、ただの雪の塊だ。他の物なんかじゃない。

いったいどのぐらいの間、そうやって傘で雪を突き刺して遊んでいたんだろう。誰かの声が聞こえた気がして顔を上げると、母が傘をさして立っていた。

「やっぱりお休みですって。今さっき電話があったわ。さ、きみちゃん、風邪ひくといけないから一度家に帰りましょう。雪遊びしたいなら、もっとちゃんと準備しないと」

母は、隣りのクラスの女の子にも笑顔を向けた。

「あなたも一度お帰りなさい。ランドセルしょったままでは遊べないでしょう?」

わたしは汗びっしょりになっていたけれど、傘を突き刺して遊んでいた時間は、十分にも満たない短い時間だったのだ。けれど、こんな素敵な雪の日に、女の子にバイバイと手を振り、母の手を握って家に戻った。わたしは女の子にバイバイと手を振り、外出せずにじっとしていることなど出来なかった。母にせがんで、毛糸の下着やぶ厚い靴下、ミトンなどを出して貰い、とても長い母のマフラーも貸して貰った。母は自転車で出かけることを諦め、歩いて行く、と言って家を出た。わたしはすぐに毛糸の下着をつけ、靴下を履き、マフラーを首に何重にも巻き付け、ミトンで手を覆った。そして家に鍵をかけ、まっしぐらに、いつも遊びに行く公園へと向かった。

今になって思い返してみても、なぜあの日、公園には誰もいなかったのか、それは謎のままだ。雪が降り、学校が休みになった午前中の公園には、みんなが来ていると思っていた。長靴を履き、マフラーで顔までぐるぐると覆い、手袋をして集まっていると。雪だるまを作ったり、適当に雪を丸めてぶつけ合ったり、そんなことをして遊んでいると、期待していた。なのに、誰もいなかった。

　理由はいくつか考えられる。ひとつにはその頃、学校でたちの悪い流感が流行っていたこと。体調を崩していた子が多かっただろうし、元気でも、風邪をひくからと親に外出を禁じられた子もきっと多かったはずだ。また、雪がかなり強く降っていて、外に出ても目の前が雪で見え難くなるほどだったこともある。顔に雪がかかる鬱陶しさを我慢してまで、公園で遊びたいと思う子はいなかったのかも知れない。そうやって理由を探せば探せないことはなかったけれど、あの時、わたしは愕然としていたのだ。誰もいない公園、真っ白になった公園にぽつんと立って。

　世界に裏切られた、そんな気分だった。たぶんあれが、わたしがこの、目に見える世界すべてに対して、無意識に反発を抱くようになった最初の瞬間なのだろう。

　わたしは立ったまま、無人の公園に雪が降り積もるのを見つめていた。なぜか、とても悔しくてさびしくて、涙が頬を伝っていたのを、その熱と共に憶えている。けれどわたしは頑固な子供だった。こんなに雪があるのに雪で遊ばないなんておかしい、ここに来ない子はみんなバカだ。そう思いながらたったひとりで、雪玉を転がし始めたのだ。雪だるまを作ろう。大きな大きな、雪だるまを。

けれど、その頃のわたしはとても小さかった。たぶん同じ年ごろの子と比べても、頭ひとつくらい背が低く、華奢(きゃしゃ)で折れそうに細いからだをしていた。いくら頑張っても、のろのろと転がしている雪玉には新たな雪が上から降り注いで地面との隙間を埋めてしまい、転がそうにも玉が動かなくなってしまう。無理に足で蹴ったり、力を入れ過ぎたりするし、雪玉は無情にぱかりと割れた。

泣きながら、わたしは雪の玉と格闘し続けていた。いったいどのくらいの間、そうしていたのか。

ふと顔を上げた時、そこに兄がいた。

優しい、兄。

「お兄ちゃん、学校は?」

「電車が途中で停まって、行けなくなったんだ。それで戻って来た」

兄は笑いながら、わたしのそばに立ち、雪玉を転がし始めた。

「行かなくていいの、学校」

「行きたくても行けないよ。大丈夫、電車が停まった時は、行かなくても欠席にはならないんだ。きみちゃん、どうしてひとりで遊んでるの？」

「知らない」

　わたしはむくれて言った。

「だって誰も来ないんだもん」

　兄はまた笑った。

「寒いからだよ。おまえ、こんなに寒いのに汗かいてんの、変なやつだなあ。友達はみんな、炬燵に入ってみかん食べてるぞ、今ごろ」

「バカよ。みんなバカ」

「もう帰ろうよ。母さんも帰って来てるよ」

「どうして？」

「雪のせいでお客がひとりも入って来ないんで、店長が、もう帰っていいって言ったんだってさ。こんな寒い日に、外に出るやつなんて、きみちゃんくらいだよ。さ、帰ろう」

「いやだ。雪だるま作るの」

「もう少ししたら小やみになるから、そしたらまた来て作ればいいじゃんか。その頃には友達も来るよ、きっと」

「いやなの。今、作るの」

兄は笑う。いつも笑う。でもわたしはその笑い声がとても好きだった。柔らかな、温かな笑い声。

しょうがないなあ、と笑いながら、兄はどんどん雪玉を転がした。まるで魔法のように、玉はぐんぐんと大きくなる。兄はできあがった雪玉を眺め、よし、と言って、今度は別の場所で雪玉を転がし始めた。二つ目の雪玉もあっという間に大きくなった。どうしてわたしには出来ないことが、兄にはあんなに簡単に出来るのだろう。わたしにとって、あの頃の兄はスーパーヒーローだった。勉強が出来て、野球も上手で、フォークギターも弾けた、ヒーロー。

小さい方の雪玉を、えいや、と持ち上げて、雪だるまの形が整った。けれど、目や眉や口にする材料がない。腕もつけてあげたいけれど、木の枝や棒がどこにあるのか、一面の雪だらけでまるでわからない。

のっぺらぼうの雪だるま。腕もない、目もない口もない、かわいそうな雪だるま。

それでもわたしは満足した。雪がたくさん降った日に雪だるまを作った。そのことに、とても満足していた。こんなに雪が降っているのに炬燵に入っている友達は、みんなバカだ。

「後で、目とか手の材料、なんか持って来よう。さ、きみちゃん、帰るよ。もうお昼ご飯だ」

いつの間にそんなに時間が経ったのか、わたしは驚いていた。兄にそう言われると、確かに、空腹だった。兄と手を繋いで家へと帰る。手袋をしたまま、兄の手の大きさと温かさが、わたしの掌をすっぽりと包んでいた。

家に戻る途中に、集団登校のあの路地がある。朝、傘で突き刺した植木のあたりも、降り続ける雪ですっかり隠れていた。わたしは少し安堵していた。兄に、わたしとあの子と二人でした小さないたずらのことを知られるのが、なんとなく嫌だった。それなのに、偶然がわたしの思惑を打ち砕いた。

どさっ、と音がして、路地に面した一軒の家の屋根から雪が落ちた。雪の塊が塀に沿って置かれていた植木鉢の上に落ちて、雪の中から覗いていた椿の枝を横に倒した。兄は、ごく自然にその椿に歩み寄り、雪の塊を足でどけながら、倒れた植木を起こそうとした。その時、兄が、うえっ、と叫んだ。

「ひでえなあ。猫が串刺しになってる」

わたしは、その言葉に足がすくみ、その場で動けなくなっていた。

「……猫……死んだの？」

「うん、死んでるよ。腹に穴が開いてる」

「串刺し……で？」

「いや……この猫、雪が降り出す前に死んでたんじゃないか？　なんかで刺し殺されたんなら、もっと血が出てるはずだし。でもこの腹の穴は、まだ新しいや。誰かが猫の死体を尖ったもので突いたんだ。ひでえことするなあ、死体になったって、串刺しにすることないのに」

「ゆ、雪で……わからなかったのかも。そこに猫が死んでること」

兄は肩をすくめ、それから椿の植木鉢を起こし、足で雪を寄せるようにして何かを雪で隠した。わたしはそばに寄って見る勇気など持っていなかったので、ただ、兄のすることを眺めていただけだった。

「お兄ちゃん……雪で埋めても、とけたら出て来るよ」

わたしは確か、そう訊ねたのだと思う。そして兄は、こう答えた。

「だって、見たくないだろ、こんなの、誰も。雪がとけるまでだけでも、隠しといた方がいいじゃん」

兄の言うことは、もっともだ、とわたしは思った。誰も、腹に穴の開いた猫の死体など見たくはないのだ。見なくて済むものならば、見たくはない。雪で隠してしまえば、雪がとけるまでの間、誰もそれを見なくて済む。

雪はいつとけるのだろう。

その時、わたしは空を見上げた。灰色に重たい空からは、ひっきりなしに白い雪が降り注ぎ、傘からはみ出したわたしの顔にも、瞬く間に積もってゆく。

この雪が降り止まない限りは、雪はとけない。

わたしは、なぜかすごく、すごくほっとして、兄ってなんて頭がいいのだろう、とあらためて思った。

2

父が急死したのは、あの雪の日から何日も経たない、春三月もそろそろ半ばの頃だった。毎日の遠距離通勤、残業、持病の不整脈。原因はいくつもあったのだろう。だが家族の誰も、まさかその朝が父の顔を見る最後になるとは思っていなかった。そしてわたしはいつものように父が出かけてから目を覚まし、夕方、病院の霊安室でようやく父の顔を見ることが出来た。だからわたしだけ、最期の日の父の、最後の笑顔を知らない。父は職場で倒れ、救急車で病院に運ばれた時、すでに息がなかった。心不全、が父の死に際して付けられた病名だった。

生命保険が少しおりて、兄は私立の高校に通い続けることが出来た。けれど、それが出来なかった方がたぶん、良かったのだ。もしあの時父の生命保険など入らず、学費が払えずに兄が公立へ転校していれば。

大雪の公園でひとりぼっちになってから、世界はわたしを裏切り続けた。春が過ぎ夏が来て、父の不在にやっと心が慣れ始めた秋の終わりに、兄も死んだ。

自殺なのか事故なのか、はっきりしたことはわかりません。警察官がそう母とわたしに言った。どうしてわからないの、と母は泣き叫んだ。調べてください、調べて！

兄は、校舎の窓から転落死した。放課後の、もう日が傾いて薄暗くなった時刻。目撃者に近い者はいたらしい。グラウンドでクラブ活動をしていた生徒が、グラウンドに面した四階の教室の窓辺から、じっと外を見ている兄の姿を憶えていた。が、その生徒がテニスラケットを振り回していた間に、兄は落ちた。なぜ落ちたのか、どうやって落ちたのか、グラウンドにいた数十人の生徒たちは、誰もその瞬間を見ていなかった。

兄は何を見ていたのだろう。どこを見ていたのだろう。

学校での兄の毎日に、いったい何が、あったのだろう。

兄は失恋を苦にしていた、という噂が母の耳に入ったのは、兄の死後、何ヶ月か経ってからだった。兄と比較的仲の良かった同級生が、兄の納骨式に来てくれて、母にそのことを告げた。けれど、それが真実なのかどうかはその同級生も知らなかった。兄は誰にも心の中を打ち明けず、ただ噂だけが学校の中にいつまでも、亡霊のように漂っていたらしい。

失恋。人は、そんなことの為に死ぬのか。わたしは慄然(りつぜん)とし、そして思った。だったらわたしは絶対に、恋などしない。

父と兄を相次いで失い、わたしと母の心は壊れた。わたしは外に出て遊ばなくなり、学校でもほとんど無言で過ごすようになった。そして母は、わたしとはまったく反対に、毎晩のようにどこかへ出かけて行くようになった。そして、深夜や明け方に、酒の臭いをからだ中から漂わせながら戻って来た。授業参観にも来なくなり、遠足の朝にも起きてはくれなくなった。わたしは弁当を自分で作り、運動会も学芸会も、誰ひとり写真一枚撮ってはくれない中で、黙ったまま、ロボットのように手足を動かし続けた。

わたしが中学に入った頃から、母は隣町のスナックに勤め始めた。父の死でおりた保険金が底をつき、生活費を稼ぐ必要があったのは事実だろう。けれど、もうその時にはすでに、母はそのスナックの常連客と恋仲になっていたのだ。そしてなぜなのかわたしには、手に取るようにそのことがわかっていた。女と女だから、わかったのかも知れない。母の体臭に見知らぬ男の体臭が混ざっていたから、わかったのかも、知れない。わたしにとっては、母が恋をすること自体はそれほど大きな問題ではなかった。どのみち、世界はわたしを裏切り続けていくのだし、母もその世界の一部である以上、いずれはわたしを裏切るのだろう。けれど、母に死んで欲しくはなかったのだ。兄のように、失恋などというつまらないことの為に、死んで欲しくなかった。だからわたしは、健気（けなげ）に願い続けていた。母の恋がうまくいきますように、と。三年間、ほとんど言葉も交わさないままで二人で暮らした。でもわたしは母のことが好きだったし、母も、受験の時だけは、さすがに少し、親らしいことをしてくれたように思う。けれど、志望校に合格した翌日から、母はまたわたしに対する関心をなくしてしまった。

　わたしのことが憎かったとか疎ましかったとか、そんなことではない、というのは理解出来た。母は母なりに、わたしを愛していた。けれど母も、世界が自分を裏切ることを確信していて、そしてわたしもその世界の一部だったのだ。わたしと母とは、互いに、いつの日か相手を裏切って捨て、それぞれひとりぼっちになるのだ、と思っていた。そう思っていれば、本当にその時が来ても慌てなくて済む。父の時のように、あるいは兄の時のように、心の準備もなしに世界に裏切られて途方に暮れたくはない。母とわたしとは、同じように壊れた心を抱え、同じように警戒し、同じように孤独で、そして同じように、淋しかったのだ。

けれど、同じように傷んだ心を持つ同じ性が、ひとつ屋根の下で暮らすと、息が詰まる。

先に音をあげたのは母だった。母は、わたしが高校を卒業する間際に、籍を入れることにしたから、と、初老の男を連れて帰って来た。そしてそれから間もなく、母はわたしを置いて、家を出た。

わたしは小さな貿易会社に就職し、広さを持て余した借家を出て、アパートを借りた。二年もしない内に、同じ職場の男性と恋愛状態になった。離婚歴のある十二も年上の男だったが、結婚しよう、と言われた時、何の抵抗もなくわたしは頷（うなず）いていた。

幸せ、と呼べる日々だったと思う。だから、夫だった男のことは恨んでいない。あの大雪の日からことあるごとに幸せに裏切られていたわたしにとって、五年あまりも平穏な暮らしが続いたことは、とても有り難いことだった。けれどそれも、わたしが漠然と抱いていた未来への絶望に沿うようにして、崩れていった。夫だった男が他で女を作り、三歳になったばかりの娘とわたしとを残して、家を出て行った。財産分与で住んでいたマンションを貰ったが、現金は貰えなかった。養育費だけではこころもとなかったので、マンションを売って金に換え、わたしは娘と共に、また小さなアパートでの暮らしに戻った。

運命、という言葉はあまり好きではない。でも、他にどう説明すればいいのだろう。わたしが選んだその町が、遠い昔、兄が通っていた高校のある町だった、という偶然について。

わたしは、知らなかった。兄の通っていた学校の名前は知っていたけれど、その頃住んでいた町からは東京を反対側に横断した西の方にある学校だったので、その学校が何という名前の町に建っていたのか、そんなことは気にもしていなかったのだ。ただ、パート勤めを始めた会社に通うのに都合がよく、広さの割には家賃の安い部屋があって、そして子供を育てるのに良さそうな環境で、緑の多い公園があった。それで、その町に引っ越した。そして娘を育てた。一所懸命、育てた。

＊

娘が車にはねられた朝、わたしはなぜか、空が気になって仕方なかった。勤めに出る為に電車に乗り、いつものように満員電車の中でドアに押し付けられながら、空を眺めていた。いつまでも、降りる駅に着くまで眺め続けていた。空は重たい灰色で、けれど妙に明るくて、わたしは雪を待っていたのだ。もう、今にも降り出しそうなのに、雪は降って来なかった。わたしが幼かった頃よりも、地球は暖かくなっているらしい。東京に雪の降る日も少なくなってしまった気がする。けれど、その朝の空は、雪の空だったのだ。だからわたしは待っていた。電車に揺られながら、じっとじっと、空を見つめて待っていた。

駅のホームで携帯電話の電源を入れた時、留守電が入っているのに初めて気づいた。電車の中ではいつも、律義に電源を切っていた。その自分の律義さを、あとで、呪った。

病院に駆けつけた時、すでに娘の息はなかった。十分早ければ、臨終を看取れた。三つ手前の駅で降りてタクシーに飛び乗っていれば。

シルバーシートの付近では電源をお切りください、と、車内放送は毎朝繰り返す。だから切っていたのだ。

泣きながら笑った。これほど何度も世界に裏切られても、それでもまだ、心のどこかで世界の為に役立とうとしている自分が滑稽だった。初めからわかっていたことなのに。

娘をはねた男は、徹夜仕事が続いていて、意識が朦朧としていた、と言った。そんな言い訳がどうして通用するのか、わたしには理解出来なかった。徹夜の仕事をして給料を貰うのは娘ではなく、その男なのだ。それでなぜ、娘の命と引き換えなくてはならなかったの！

娘は横断歩道を渡っていなかった。けれど、その通りは学校のすぐ近くで、車は徐行しなくてはならない道路だったのだ。娘だけではなく、登校途中の生徒たちはみな、横断歩道など渡らずに斜めに道を横切って正門を目指していた。それでも車が徐行していれば、問題などないはずだった。徐行していれば。

気の遠くなるほど、何度も何度も、自問した。

横断歩道を渡っていなかった、だから死ななくてはならなかったのだろうか。それは命を奪われるほどの罪だったのか。徹夜で仕事をしていた、それならなぜ、あの男は車の運転などしたのか。なぜ、寝不足で意識が朦朧とするかも知れない、とは思わなかったのか。

なぜ、なぜ、なぜ。

娘と一緒に歩いていた他の生徒は、どうして無事だったのだろう。娘だけがなぜ、なぜ、なぜ、なぜ、あの車にあたってしまったのだろう。

母の気持ちがわかった。あの時の、兄が校舎から転落死した時の、母の気持ち。

けれど、母は何もしなかった。何も。

運命が決まったのは、娘の告別式のあとだった。娘の同級生の母親が、わたしの前に来て頭を下げ、こう言ったのだ。

お兄様のことを存じ上げていました。同じ高校に通っておりました。お兄様には親切にしていただきました。

その時ようやく、兄がこの町に通っていたことを知った。この町に。わたしが選び、娘と暮らし、娘が育ち、そして死んだこの町に。

わたしは、空を見上げた。最初の一片が、ふわり、ふわりと灰色の雲から舞い降りて来た。

瞼に雪がのる。

ひんやりと、わたしの心を冷やす。

＊　＊　＊

兄の自殺は、失恋のせいではなかった。失恋したことを言いふらされたせいだった。兄が愛した女は、兄に愛される資格などない女だった。けれど、わたしは理解している。兄も、その女もまだ子供だったのだ。そのことは、理解している。

世界はいつも、裏切りの口実を用意して、わたしを待っている。

父の急死は、過労によるもの。が、長距離通勤は父が自分で選んだことだ。

兄の自殺は、屈辱によるもの。が、その屈辱を兄にもたらした女は、兄自身が選んだ女なのだ。

そして娘の事故死は、娘が横断歩道を渡らなかったから、だ。

けれどあの日、なぜあの雪の日に、誰も公園に遊びに来なかったのか、その理由はもう、永遠にわからない。

金属がこすれる音はとても不愉快な音だ。歯の神経がしくしくと痛み出す。こめかみがじんじんと痺れてしまう。それでもわたしは、ゆっくり、ゆっくりと、鋼のやすりを上下に動かし続けた。動かしながら、雪の日を待った。たとえ何年でも待ち続けるつもりで、ただ、待った。

望んでいた雪が今、降り始める。

兄に屈辱を与えた女は、今でもまだ、この町で暮らしていた。結婚し、子をもうけて。葬儀のあとで娘の同級生の母親が、そのことも教えてくれた。兄の命を奪ったあの高校は、私立だけれど、幼稚園と小・中学校も付属していた為か、地元の子も多く通っていた。三十年が経っても、その女がこの町に住んでいたのもまた、運命なのだ。たぶん女は自分ではそうと知らぬまま、わたしを待ち続けていたのだろう。わたしが傘を手にして会いに来ることを、無意識に予期していたのだろう。でもわたしは、女には会いに行かない。

女の息子は七歳になって、小学校に通っている。思いがけずに学校が休みになった雪の日、その子は、いつも遊んでいる公園に、喜びいさんで駆けて来る。きっと、来る。

わたしは傘を持っている。

あの日、誰も来なかった白い公園と、ここはよく似ている。

雪で隠してしまえば、見たくないものを見なくて済むから、だから今日、わたしは傘を持って来た。

自分は間違っていることを、わたしはよく知っている。わたしのすることには何の意味もなく、憎悪と怨嗟（えんさ）を無限に拡大するだけの愚かな行為だということを、本当によく、わかっている。それでもわたしは、余りにも弱くて、自分を抑制することをもう諦めてしまった。

世界がわたしを裏切るように、わたしもこの世界を、この矛盾に満ちた、不公平で満たされた世界を、今日、裏切ろう。

無邪気な笑顔。滅多に降らない雪に興奮した、薔薇（ばら）の花の色をした頬。

もうすぐ、歓声が聞こえて来るだろう。
ごめんね。
ほんとに、ごめんね。
わたしの傘がこんなに尖っていて、ごめんね。

隠されていたもの

1

　手にした地図に従えば、その家まではまだ、数百メートルはあるはずだった。が、すでに絵美（えみ）の鼻は、空気の中を流れている異臭を嗅（か）ぎとっていた。

　思わず、足取りが重くなる。前に進むのが嫌になる。なぜこんな仕事を引き受けてしまったのだろう。断ればよかった。

　それでも、絵美に「断る」という選択肢などなかったのだ。フリーライターとして独立して三年、小遣いの足しにもならないような、小さなインタビュー記事などで細々と業界の片隅に生き残ってはいたけれど、実質的には、夫の給料で生活を保障された、主婦ライターのパート仕事の域を出ていなかった。結婚して丸五年、子供に恵まれないことも、絵美の立場を難しくしている。が、絵美にだって言い分はある。まがりなりにも編集プロダクションの正社員としてフルタイムで働いていた妻に、もう少し家庭の為に時間をとって欲しいと頼みこみ、プロダクションを辞めてフリーランスになるよう説得したのは夫なのだ。もちろん、そんなに世の中が、この業界が甘くないことは絵美だって理解していた。それでも、本心では仕事など辞めて専業主婦になり、さっさと子供を産んで母親になって欲しいと思っている夫に対して、なんとか互いに譲歩し、仕事を続けることを承諾させるには、独立する以外になかったのだ。

それでも初めの内は、編プロに所属していた時代に地道に築いたコネのおかげで、そこそこの仕事にも恵まれ、独立してみるのもそんなに悪くないな、と、甘い感想を抱いていた絵美だったが、一年も経つ頃には、状況は一変してしまっていた。まず、コネがあった編集者たちが次々と、人事異動であちこち動いてしまい、絵美に仕事をまわせるポジションにいなくなった。さらに、深夜や早朝の仕事が出来ず、泊まりがけの仕事も夫の顔色を窺(うかが)いながら半分は断らざるを得ない有り様では、自然と仕事の依頼は減っていった。その上、夫の実家からは、まだ子供ができないのかとかなり直截(ちょくせつ)的な文句を言われるようになり、そのストレスのせいなのか、生理が来るたびにひどく体調が悪くなり、仕事に支障が出るようになってしまった。

「だからやめちゃえよ」

夫は、こともなげに言った。

「どうせおまえの書いたもんなんか、署名が出るわけでもないし、たいして重要な記事でもないんだろ？　余白を埋める為のつまらないインタビューばっかりじゃないか。原稿料だって食費の足しにもなりゃしないし、そんなもん、いつまで続けてるつもりなんだ？」

夫は銀行員だったが、銀行も今は決して経営が順調とは言い難く、いつリストラの順番がまわって来るか、夫自身、かなりのストレスの中にいることは確かだ。家に帰った時くらい、妻に、お帰りなさい、と出迎えて欲しい気持ちはわかるし、電子レンジで温めたおかずをひとりで食べるのが嫌だ、という気持ちもわかる。

だが、と、絵美は次第に強くなって来る悪臭をこらえながら思う。

自分は、夫が快適に暮らす為だけに結婚したわけではない。自分も快適に暮らしたい。それがどうして、わがままなのだ。

恋愛結婚、と言うよりも、夫からの熱烈なアプローチに押し切られて決心した結婚だった。プロポーズした時、夫は、躊躇（ちゅうちょ）する絵美に、しっかりと約束したのだ。君の仕事、君の人生は尊重する。もちろん、結婚しても今までどおり仕事を続けてくれて構わない。家事の分担はちゃんと受け持つよ。今は、金を払えば掃除だってなんだって、ちゃんとやってくれるサービスがあるしね、無理をしなくても、そういうものを利用すればいいんだから。

あの時の言葉を、録音しておけばよかった。

この仕事は、ある意味で、自分のこれからの人生を左右する仕事なのだ、と、絵美は膝に力を入れて道を急いだ。

絵美はこれまで、主として女性誌の仕事をこなして来た。女性向けの月刊誌や、女性が趣味とするような手芸、料理、ガーデニングなどのムック本で、様々な業界で仕事をする女性たちにインタビューしたり、雑誌が企画する主婦や働く女性を集めての座談会などを読み物にまとめたり、といった仕事がほとんどだった。ごくたまに、時事ネタや政治ネタの記事を書くこともあったが、それらにしても大部分が、女性週刊誌などに載せるためのやわらかめの内容のものだった。そんな絵美に、今度の仕事を依頼して来たのは、女性誌から硬派の社会問題を扱う月刊誌に異動した、昔からの知り合いである編集者、岩田だった。

「とにかく、男は敷地の中に入れてくれないんだ」

打ち合わせをした喫茶店で、いつも頼むアイスココアをすすりながら、岩田は肩をすくめた。

「猫まで、牡(おす)が庭に入りこむとヒステリックに追い出すらしい。何度か取材の依頼をしたけど、男が電話をかけて来た、というだけで、用件も聞かずにがちゃん、だからね」

「徹底してますね」

「編集部にも女性は何人かいるんで、仕方なく、彼女たちに電話をかけさせて、なんとか、話をさせて貰(もら)えるところまでは漕(こ)ぎ着けたんだけどね、今度は、若い女は来るな、と言われたんだよ。四十以下の女はだめだってさ」

「あの、岩田さん、あたし」

「わかってます、鷺沼(さぎぬま)さん、いや、今は伊藤(いとう)さんだっけ」

「旧姓で構いません。仕事の時は旧姓で通してますから」

「そう。いやね、鷺沼さんがまだ、三十代なのはちゃんとわかってます。しかしほら、何も戸籍謄本を持って行かなくてもいいわけだし、たまたまうちの編集部にいる女性は、新人と入社三年目の二人だけでさ、どう見ても四十には見えないんだ」

「あたし、老けてますか」

「そういうことじゃなくって」

岩田は困ったようにへらへらと笑った。

「雰囲気だよ、雰囲気。既婚者ってのは、なんとなくわかるでしょう、雰囲気が落ち着いているから」

「別にいいですけど……もう三十八ですから、四十に見えたところでたいしてショックでもないです。でも、牡猫でも追い出すような人だったら、身分証明書を見せろ、くらいのことは言いませんか？」

「ないと言えばいい。免許も持ってないし、フリーランスなので社員証とかもない、ってね。で、これしかないと言って、これを見せて」

岩田が差し出したのは、委託社員証明書だった。岩田の会社では、編集プロダクションなどに仕事を依頼する場合でも、その企画が終わるまで、社の名前を名乗って仕事をすることを許可している。その代わり、そのカード型の証明書を常に携行して、身分をはっきりさせなくてはならない場合には提示するよう指示される。だがその証明書は、フリーライターには普通、発行して貰えない。

「いいんですか、これ、いただいて」

「この仕事が終わったら返して貰うけどね、取材中は使って構わない。編集長に許可は得てあるよ」

「これで信じて貰えるかしら」

絵美は、カードの隅に記された、年齢41歳、という記載に少し違和感を感じながら言った。

「なんだか、とっても疑り深い人みたいですけど」

「いや、疑り深いというのとは違うよ。猫の牡、牝なんてのは、後ろから見ればすぐ判別できるからね。特に疑り深くなくても、牡猫だけ追い払うことは簡単だ。要するに、頑固なだけだよ。男や牡は絶対に家の敷地に入れない、女も若い女は入れない、理由はまったくわからないが、そういうルールを決めて、絶対に守るつもりでいる、それだけなんだ。まあね、自分の家なんだから、どんなルールで客を選ぶのも、住人の勝手と言えば勝手だし」

岩田はアイスココアを飲み干した。

「今、この手の困った手合はものすごく増えてる。テレビのワイドショーなんかでも、しょっちゅう、特集されてるだろ？　精神医学の面からは、ある種の異常心理として説明ができちゃうんだろうけど、世間では、ただ、病気なんだから仕方ない、と言った話より、もっと身近なこととして、こういう人々を見ていると思うんだ。実際、この手の迷惑な隣人に苦しめられている人たちは、何十万人って数にのぼってるんじゃないかと思う。今度の企画では、どうして周囲の人々を苦しめていることに鈍感でいられるのか、そのあたりの心理を探りたいんだよ。昔から、鷺沼さんがインタビュー上手で、気難しいと言われている人ともすぐ打ち解ける才能があることを、僕は買ってたんだ。フリーになって、本格的なルポの仕事はまだ、してないでしょう？　これは君にとっては、チャンスになると思うんだよ、ね」

むせかえるような臭いに、絵美は思わず咳きこんでしまった。地図にある角を曲がると、平凡な住宅街の路地に、異様なものが見えた。一軒の家の外塀に、何枚もの紙が貼られている。そのブロック塀の上に、白っぽいものが積み重なっている。近づいてみれば、白っぽいもの、は、ゴミ袋だと判った。東京都指定のゴミ袋が、無造作に山と積まれているのだ。

ちゃんと袋には入れてるじゃないの。ここまでして、どうして捨てないのかしら。

絵美は、ハンカチを取り出して鼻をおおいながら、外壁に貼られたたくさんの紙を見た。近隣の住人からの抗議文、市役所からの通知書、それに、ひどい悪口雑言が書かれた中傷ビラ。それらが渾然と、灰色のブロック塀を埋め尽くしている。市役所からの通知は、探した中でいちばん古いものが、三年前の日付になっていた。つまり、このゴミ屋敷は、三年前からすでに、役所が乗り出すほどの近所迷惑になっていた、ということだ。

ふと見ると、問題の家の隣家に、人の姿があった。玄関の前で如雨露を手に、絵美の方をじっと見ている。その顔の真ん中には、花粉症対策に使われるようなやけに大きなマスクがかぶせられている。絵美と目が合うと、五十代くらいのその女性は、戸惑ったような顔でそれでも会釈してくれた。

「あの、すみません」

絵美はその隣家の主婦に向かって進んだ。

「こういう者なんですが、お隣りについて取材させていただきたいんです」

名の知れた硬派の雑誌の編集部名は、なかなかの威力を発揮する。いぶかしそうな顔だった主婦は、名刺を見た途端に安堵した表情になった。

「あらま、雑誌の」

マスクのせいで声がくぐもっている。

「そうですか。……安村さんのお宅の取材で」

「失礼ですが、こちらにお住いになられて、長くていらっしゃいますか」

「まあ、長いと言えば長いですよ。わたしが嫁に来てもう二十八年ですから。でもこのあたりのお宅は、みんなそんな感じですけどね。戦後すぐにできた住宅地ですから。バブルの頃には、歯が抜けるみたいに空き地になったりもしましたけれど、ここ十年でまた、新しく建った家はほとんど売れてしまいましたね」

「安村さんはいつ頃にここに？」

「えっとねぇ……五年くらい前だったかしら。もともとね、今隣りに住んでいる人の、叔父さんの持ち家だったんですよ。安村幸吉さん、って言って、とってもいい方でした。お気の毒に、奥様が十年ほど前にご病気で亡くなられて、お子さんがいらっしゃらなかったんで、ずっとひとりでお住いだったんです。それで幸吉さんが七十七歳で亡くなったのが五年前です、確か。お葬式にいらしていたご親戚は、皆さん、安村さんの故郷の方達ばかりでしたね。えっと、鹿児島とか言ってたかしら。それで、要するにね、相続人が他にいなかったんですよ。それで、幸吉さんの姪の、今、隣りに住んでいる人が相続したんです、土地も家も。それまでは千葉の方にいたそうですけど」

「安村、時子さん、ですね」

「ああそう、なんかそんな名前ですね。何しろほら、近所とのつき合いをまったくしない人なものだから。町会費だって滞納したまんまだし。それでも引っ越して来た当初は、特に問題なかったんですよ。挨拶しなくたって近所づきあいがなくたって、誰にも迷惑をかけないで暮らしていてくれるなら、文句を言う筋合いじゃありませんから。どっちみち、ここだって東京ですからね、若い世代の人たちは、近所づきあいなんてろくにしませんから」

「つまり、五年前は、こんな風ではなかったんですね」

「少なくとも、家の外にはね、ゴミはありませんでした。家の中は知らないですよ、何しろ、一度も中に入れて貰ったことないですから。回覧板とか回しに行っても、インターホン越しに、郵便受けに入れといてくれって言われるだけだったし」

「では、いつ頃から今のような問題に？」

絵美はICレコーダーを掌の中で回転させ、集音マイク部分を主婦の方に向けた。

「うちが気づいたのは、隣りの人が越して来てから、二年目くらいだったわね、確か。梅雨時になって、なんだか嫌な臭いがしてしょうがないんで、庭に猫でも死んでるのかしら、って、何日も自分ちの庭を掃除してたんですよ。でも臭いのもとがどこなのかわからなくて、ある日ね、梅雨の晴れ間に、ようやくそれが、隣りの家からの臭いだって気づいたの。もしかしたら、隣りの庭に猫の死骸でもあるんじゃないかと思って。押しつけがましいと思われるのは嫌だったんで、たまたま親戚からさくらんぼをたくさん送ってもらったところだったんで、わざわざ、おすそ分けです、みたいに気をつかっちゃって。なのに、インターホン越しに、さくらんぼは嫌いだからいりません、って言われてね。それで家族の者に相談して、夫が隣りに様子を見に行ってくれたんです。今度は、ちゃんと、悪臭がするんで確認させてくれ、って言いました。それでも、そんなものは知らない、帰ってくれと言われたもんで、夫も腹をたてて、うちの庭との境の塀に梯子をかけて、隣りの庭を見たわけですよ。そしたらもう、びっくりで。夫が、おまえも見ろって言うんで、他人様の家の庭を覗き見するなんて行儀悪いとは思ったんですけどね、見てみたんです。それで、これは大変なことになってる、って」

「庭がゴミだらけだったんですね」

「家の中からゴミが溢れて出ている、そんな感じでした。庭に面して掃き出し窓があって、その中がリビングになっているんです。幸吉さんが生きていらした時分は、よくおじゃましてお茶なんか飲んだもので、知ってます。それが、リビングから庭に放り出したらしいゴミ袋が山になってて、それが破けて腐った生ゴミが庭中に散乱してるじゃないですか。その有り様で、たぶん、家の中もゴミだらけなんだろう、って、すぐ見当がつきましたよ。最近は、ゴミ屋敷があちこちにあるなんて、テレビでも随分取り上げられてますから、安村さんみたいな人ってけっこういるんだ、と思いますけど、三年前はまだ、そんなの知らないでしょう。もうびっくりして。てっきり、隣りの人が、ボケたか何かしたんだって思いました」

「でも、まだ時子さんは五十代ですよね」

「歳がいくつかなんて知りませんでしたからねえ。いずれにしたって、季節が季節でしょ、腐ったゴミを雨が流して、うちの庭にも臭い水が流れて来てましたし、不衛生だし、暑さが増して来たら臭いだってもっとひどくなるだろうし。でも近所づきあいがないですから、片づけてあげることもできないじゃないですか。それで、町会長に相談して、町会長が安村さんちに出向いてくれたんですよ」

「町会長さんと安村さんとの間で、話し合いが持たれたわけですか」

「話し合い、なんてとこまで行かなかったと思いますよ。インターホン越しに門前払いを何度も繰り返して、最後には市役所の人と一緒に出向いたんじゃなかったかしら。それでまあ、いちおう、町会長と市役所の人とで隣りの家の中に入ることができたんですけどね、それはもう、啞然とするような状態だったそうですよ。とにかく、足の踏み場もないくらい、家の中がゴミで埋まってたって。蠅も飛び回ってるしゴキブリもいるし、市役所の人も呆れて、これでは安村さん自身の健康にも悪いからって、説得に通って、あれは夏の終わり頃だったかしら、ようやく、安村さんが折れて、町会費でゴミ業者に依頼して、一度、全部片づけたんです」

「それじゃ、一度は綺麗になったんですね」

「ええ。その夏はとにかく悪臭に悩まされて、と言ってもね、それでも今よりまだましだったかも知れないけど。ようやく片づいた時は、心底、ホッとしました。隣りの人自身も、すっきりして嬉しいなんて言ってたんです。うちにも謝りに来てね、ひとり暮らしですごい低血圧なんで、朝のゴミ出しに起きられなかったんだ、って言うんです。あたしもねぇ、とにかく悪臭から解放されたのが嬉しくて、つい、気が大きくなっちゃって、それだったら、ゴミの日の前日にうちにゴミを預けてくれたらいい、一緒に出しておきますよ、なんてまあ、お人よしなこと言っちゃって」

「それで、ゴミを預かるように？」

「最初の何回かはね。でも、一ヶ月も経たない内に、ゴミの日の前日になってもゴミを持って来なくなったんで、気をきかして取りに行ってあげたんですよ。なのに、インターホン越しに、もうおせっかいはやめてくれ、自分のゴミなんだから、あんたにはあげない、って言われて。あげない、ってどういう意味ですか、まったく。誰が他人のゴミなんて欲しがるもんですか、って、そう思ったんです。ところがね」

主婦は肩をすくめた。

「本気で言ってたんです。あとになって、そのことがわかりました」

「本気で、って、どういう意味でしょうか。つまり、あなたにゴミを奪われると考えていた、ということですか」

「あの人にとっては、ゴミも財産なんです。考えられないわ、ほんとに。でもそうなんですよ。ある日ね、犬の散歩していた近所の人が、見ちゃったんです。安村さん、ゴミの収集場所から、よその家のゴミを盗んで持ち帰ってたんですよ」

「……なんのために？　リサイクルショップに売れるものでも探してたんですか。それともまさか、残飯を……」

「目的なんて、わかりません。誰にもわかりませんよ。結局、あたまが変なんです。そういう人の考えていることなんて、理解できませんったら。とにかく、隣りの人は、ゴミに囲まれていないと生きていられないって、自分でそう思いこんでるんじゃないですか。綺麗になってゴミがなくなっちゃって、きっと、そう感じたんでしょうね。それでまた、ゴミをため込み始めた。でもひとり暮らしの出すゴミじゃ、量が足りない。一刻も早くゴミの山の中に埋もれるために、他人のゴミまで持ち帰ってため込むようになった。まあそのくらいしか、説明のしようがありません。それからは、はっきり言って、戦争してるみたいなもんですよ。夏場になると余りの悪臭で、家族の体調が悪くなるんです。うちだけじゃありません、このあたり一帯、どの家でもそうですよ。近くにアパートが二軒あったんですけど、部屋を借りてた人が悪臭に耐えられなくなってどんどん引っ越しちゃって、今はもう、家賃を信じられないくらい下げても、外国から働きに来ている人しか借り手がつかないんです。それでもその人たちでさえ、数ヶ月で閉口して、引っ越してしまうみたいですよ。市役所にも何度も陳情に行きましたし、保健所にも連絡しました。引っ越ししたくても、こんな環境じゃこの家、売ることも貸すこともできません。不動産屋に相談しても、とてもじゃないが物件として預かれないと言われました。第一ね、隣りがゴミ屋敷でさえなかったら、この家は気に入っているんです。引っ越しなんてしたくないんですよ。どうして被害者のうちが、出て行かなくてはならないんですか、まったく。でも、いくら言ったってだめなんです。自分の家の敷地の中にいくらゴミをため込んでも、それ自体を禁止することはできないんですってね。そのゴミのせいで、はっきりと健康被害が出れば裁判は起こせるでしょうけど、たとえ裁判で向こうが負けたって、お金のない人から無理に賠償金をとることはできないんですって。そもそも、裁判なんてしたくありません。ただゴミをちゃんと片づけてくれ、それだけなんです。他のことを何ひとつ、要求したいとは思ってないんですよ」

主婦はもう、マスクを引き下ろして唾を飛ばしながら喋っていた。滑稽なほど必死の形相が、それだけ、追い詰められている現実を絵美に教える。もう限界なのだ。この地域一帯の人々の、安村時子への憤りが、まさに、限界に達しようとしている。

危険だ、と、絵美は感じた。はっきりとは言えないが、とても危険だ。もちろん、安村時子を取り巻くこの町の人々は、とても常識があり我慢強い人々だ。たとえその怒りや恨みが限界を超えても、時子に対して違法な排除行為に走ることはないだろう。が、時子の側はどうなのだろうか。これだけの怒りを、反発を買いながらここにい続けて、それで、おそらくは壊れてしまっている時子の心は、いったい、どうなってしまうのだろう。

絵美は、取材の方向性を見つけた、と思った。近隣住民の怒りや悪臭の実態などは、読者を惹きつける餌のようなもの。自分が本当に伝えたいことは、その惨状の奥に逃げ込んでいる、時子という女の、人生の中にある。

まだまだ延々と続く主婦の怨嗟の訴えをあとは適当に受け流して、絵美はいよいよ、目的の家のインターホンを押した。

2

門前払いも覚悟していたのに、拍子抜けするほどあっさりと、安村時子は絵美を家の敷地に迎え入れた。岩田が電話で取材申し込みした際に約束した謝礼金が、それなりの威力を発揮した、ということらしい。謝礼は現金で用意して来ているが、帰る時に手渡すので、その際、受け取りにサインして判を押して貰いたいと告げると、時子は相好を崩して何度も頷いた。

門の中に一歩入って庭を見ると、そのすさまじさに足がすくんだ。前庭もなかなか広く、柿の木とびわの木が一本ずつ植わっているのだが、その根元はどちらもうずたかく積まれたゴミ袋で隠され、玄関までの数メートルも、やっと人ひとり通れる細い隙間をのぞけば、一面がゴミ袋で埋まっている。外から見た時は、ゴミ袋にちゃんと入れるところまでするなら、なぜ捨てないのだろう、と不思議だったのだが、隣家の主婦の話から、それらのゴミ袋は、外から持ち込んだものなのだとわかって、合点がいった。

悪臭は堪え難く、悪心をこらえようとして歯を食いしばらなくてはならなかった。

無造作に積み上げられたゴミ袋のほとんどは、風雨にさらされて破け、その破けた穴から、どろどろになった黒っぽいものがはみ出している。が、ハンカチなどを口に当てると時子が気分を害するかも知れないと思い、絵美は鼻から息をしないよう、大きく口を開けながら時子のあとについて玄関まで歩いた。家の中に入っても、惨状はたいして違わなかった。玄関のたたきから廊下まで、やはり人がひとり通れる幅しか隙間はない。が、家の中には、ゴミ袋に入ったゴミだけではなく、袋に入れられもしていないゴミが積み重なり、崩れている。意外なほど大きな家で、しかも和風建築らしい。廊下に面した襖はすべて閉められていたが、たわんだ襖の隙間から、ゴミが顔をのぞかせている。

「こっちに来てくださいよ。こっちだと、座るとこぐらいあるから」

時子が手招きする方に向かうと、そこは増築された部分なのか、いくらか新しい色の天井を持つ部屋だった。どうやら、広めのダイニングキッチンらしい。掃き出し窓はサッシになっていて、隣家と境を接している塀と、庭が見える。まるで豪雪地帯の真冬のように、白いゴミ袋が塀の高さまで積み上げられ、山になっていた。が、庭にはところどころ、土の見えている部分もあった。そこに汚れたサンダルもあり、物干し竿が一本、渡されている。竿がかけられている両脇のポールは、まるで、ゴミの海に突き刺してあるかのように見える。こんなすさまじい汚物のただ中で生活していても、洗濯はしているのだろうか。それだけでも、絵美にはとても不思議な光景に見えた。

「お茶ぐらいいれるからね」

絵美は固辞したが、時子は、外側が焦げて真っ黒になった小さなヤカンをガスにかけた。ガスは止められていない。電気も水道も大丈夫らしい。つまり、時子には、収入があるのだ。

ダイニングキッチンらしく、ダイニングテーブルはあった。椅子も三脚。そのテーブルと椅子の周辺にはゴミ袋がない。つまり時子は、このテーブルの周辺で主に生活しているのだろう。テーブルから一メートル離れれば、もうゴミ、ゴミ、ゴミ……。すでに絵美の鼻は麻痺(まひ)しつつあるのか、呼吸の苦しさはおさまっている。が、ゴミのひとつひとつに視線を向けると、その正体に胸がむかむかして来た。大部分が、コンビニで買ったらしい弁当の空き箱なのだ。しかも、中身が残っているものが多い。もちろん腐っている。カビも生えている。時子が茶筒のようなものを握っているのが見えた。茶筒の中の茶は無事でも、茶碗が洗ってあるとは思えない。流し台には、弁当の空き箱やペットボトル、割箸(わりばし)などが積み上げられ、その下に、皿やコップが埋もれている。絵美は、それ以上時子の方を見ないようにした。どちらにしても、ひとくちはいれてくれた茶をすすらないわけにいかないのだ。だったら、見たくないものは見ない方がいい。

時子は皺だらけの手を伸ばし、絵美の前に湯飲み茶碗を置いた。外側はかろうじて汚れらしいものが付いていないが、糸底のあたりは真っ黒になっている。それでも、茶は緑色をしていた。絵美は半ば息をとめ、なんとか一口、すすった。味がわからないほど薄い。

時子は、実年齢では五十代のはずだ。が、見た目はもっと老けて見える。髪は半分以上白髪で、長く伸ばして後ろで縛っている。化粧っけのない顔色はかなりくすんで黒っぽく、肝臓でも痛めているのだろうかと心配になった。上の前歯は抜け落ち、唇は皺の中に埋没している。だが、顔立ちそのものは、注意して見れば、かなり整っている。若い頃には大変な美人だったのではないだろうか。鼻筋はすっと通り、頬骨も高く、目は大きくてきれいなアーモンドの形をしている。瞳も大きく、睫毛も長い。

「それでさ」

時子は、ずずっと音をたてて茶をすすった。

「取材って、何を知りたいんだい。どうしてゴミをためてるのか、なんて質問だったらしても無駄だよ。そんなこと答える義務はないからね。ここはあたしの家で、あたしが叔父から相続したんだ。相続税だって払った。あたしの家ん中に何をどれだけためこもうと、あたしの勝手だからね」

「悪臭について苦情が来ていることについては、どうお考えでいらっしゃいますか」

「たいしたことないのに、大袈裟なんだよ。悪臭、悪臭って言うけど、あたしはちっとも臭くないんだから。こん中に住んでるあたしが臭くないのに、なんで外の連中が臭いって文句言うのさ。おかしいじゃないか」

「ずっとこの中で生活していらしたら、慣れてしまって感じなくなった、ということもあるかも知れませんよ」

「だったらみんなだって慣れればいいだろ。あたしはここにいて、どっこも病気になってないし、お腹だって壊したことないんだからね。近所の連中が、うちのゴミのせいで病気になるなんて言うのは、とんだ言いがかりだよ。とにかくね、あたしはしたいようにするだけさ。ここはあたしの家なんだからね。だいたい、失礼なんだよ。ゴミゴミって簡単に。言っとくけど、ここにあるのはただのゴミじゃないんだよ。ちゃんと使えるもんがいっぱいあるんだ。みんな、あたしの大事な財産なんだ。ほら、そこ。そこをちょっとのけてみて」

　時子が指さしたのは、絵美の足下からすぐのところに積まれたゴミの山だった。弁当の空き箱とペットボトルが、現代アートのオブジェさながら、微妙なバランスでタワーになっている。

「その下に、土鍋があるんだよ。それは便利なんだよ、ご飯が炊けるんだから。それで毎日、おいしいご飯を炊いて食べてるんだ。それだってね、捨ててあったのを拾って使ってるんだから」

　絵美はそっとタワーを崩して、ゴミの下に手を入れてみた。確かにそこに土鍋があった。蓋を開けると、ムッとすえた臭いがした。みそ汁の残りにご飯を入れた、おじやらしい。

「あ、ほら、まだ残ってた。それ、おいしいんだ。今夜それを食べるよ」

「おやめになった方がいいと思いますよ。もう傷んでいます」

「そんな馬鹿なことないよ！　それは昨日作ったんだよ！　たった一日で傷むわけないじゃないか」

「でも」

　絵美が土鍋を抱え、時子に手渡すと、時子は蓋を開けて顔を突っ込んだ。

「ね、傷んでいる臭いでしょう？」

「変だねぇ……これ作ったの、一昨日だったかな。火を入れれば食べられるよ、まだ」

「無理をして食べても、おいしくないでしょう。今夜は、お渡しする謝礼で、何かおいしいものを食べに行かれたらどうですか」

謝礼、という単語で、時子はまた温和な顔になった。

「ま、いいさ。でもね、こうやってちゃんと使えるもんはゴミとは言わないんだよ。なのにみんな、ゴミだゴミだって、なんでもかんでも捨てるんだから。あたしはね、みんながいらない、っていうもんを拾って来て使ってる、それだけなんだよ。そんなにここが臭い、ゴミがたまってるのが嫌だって言うなら、ゴミを出さなければいいじゃないか。捨てなければいいんだよ。あたしはね、世間の人間が見捨てたものを拾って、一緒に暮らしてやってるんだよ。みんなさ、自分の人生でいらなくなったもんは、どんどん捨てちゃって、まだ使えるもんでも平気でゴミ袋に詰めちゃうんだから。あたしには聞こえるんだよ。まだ使えるから捨てないでよ、ゴミ処理場で焼かれるのはやだよ、って言う声が。だから拾って来るんだ。ほんと、世間の連中は勝手だよ。自分でいらないって捨てておきながら、あたしが持ち帰ると怒るんだから。わかってるのさ、みんな、いらなくなって捨てたもんでも他人のものになると悔しいんだ。惜しかったと思うんだ。だから意地悪するんだよ。だけどね、あたしが拾ったんだ。もう全部あたしのもんだ。あたしの人生の一部なんだよ。返してなんかやらないのさ」

時子は楽しそうに笑っている。時子の理屈には、理解できる部分もある。確かに、ゴミとして捨てられていた土鍋はまだ、土鍋としてちゃんと使えるものだ。だが、時子の理屈は、ある限度までしか通用しない。土鍋ならば使えても、腐った野菜や肉までは使えないし、庭に放り出して雨風にさらしておけば、使えるものだってそのうちには本物のゴミになる。時子は、口で言うほど、拾ったものを大事に使っているわけではないのだ。

時子の気持ちは、わかるようでわからないし、わからないようでわかる気がする。絵美は混乱しかけていた。そして同時に、日本中に増えているというゴミ屋敷問題が、なぜ、簡単には解決しないのか、その理由のごく一部が、呑み込めたような気もしていた。

ふと、手にしたペットボトルの向こう側に、何かが埋もれているのが見えた。何気なく指をかけてつまみあげてみて、ハッ、と驚いた。

時計。これは……

でも、まさか。まさかそんなはずはない。

フォリフォリの、薄紫色の革バンドがついたファッションウォッチ。高価なものではないけれど、絵美にとっては、忘れられないその色とデザイン。

ばかばかしい。絵美は苦笑いして、その時計をゴミの中に戻そうとした。そんなはずはないのだ。たまたま同じデザインの時計、それだけのことだ。あの時計がここにあるわけがない。あの時計が……


「綺麗だろう」

時子が、不思議な笑顔で絵美を見ていた。

「それね、まだちゃんと動いてるんだよ。使えるんだ。そんなに綺麗で、ちゃんと動いている腕時計。でもゴミになった。誰かが捨てたのさ。誰かが。いとも簡単に、ゴミ袋に入れてゴミの日に出したんだ。燃えないゴミの日に。そんなに綺麗なのに。そんなにちゃんと動いているのに」

絵美は、もう一度、おそるおそる指を伸ばして薄紫色の革バンドをつまんだ。確かに、時計は動いている。自分がしている腕時計と見比べ、時刻も正確だと知った。そのままにしておけばよかった、と、次の瞬間、絵美は後悔した。つまんだ指先の革バンドに、白く割れた斜めの疵があった。

同じ、疵。

あり得ない。でも、確かに同じところに、同じ形の疵。

「あの」

こらえ切れなくなって絵美はそれを時子の方につまみ上げた。

「この時計はどこで？　どこで拾ったんです？」

「どこって、さあね。ゴミ捨て場だよ、どっかの。どこだったかなんて、もう忘れたよ。どうしたのさ、あんた、顔色が悪いよ」

「いえ……大丈夫です」

「それが気に入ったんだったら、あげてもいいよ。けどね、それをあんたにあげるってことは、誰かが捨てた人生を、あんたが譲り受ける、ってことになるよ。それでもいいなら、持っておいき」

「いいえ、けっこうです」

絵美は、時計をゴミの中に埋め込んだ。

偶然だ。あんな疵、ゴミと一緒にほったらかしておけば、簡単につく。あの時計のはずがないのだ。あの時計。
夫との結婚が決まって、あたしが自分で捨てた、あの時計。夫の前につきあってい
た男に買って貰った、時計。とても気に入っていた。毎日のようにはめていた。それ
で、うっかりして机にぶつけて、疵をつけてしまった。それでも使い続けていた。だ
が、その時計をくれた男は、経済力のまるでない、売れない小説家だった。何かの新
人賞でデビューしたものの、話題になったのは受賞作だけ、二作目以降はまったく売
れず、仕事もなくなった。自費出版中心の出版社で、「通常出版します」と募集した
持ち込み原稿の批評をし、持ち込んだ顧客をおだてて自費出版をすすめるアルバイト
をしていた。箸にも棒にもかからない、寝言のような小説ばかりだと、深酒をして笑
っていた。それなのに、大変面白いからぜひ、多くの人に読んで貰いましょう、とお
だてると、自費出版費用をぽんと出す連中ばかりで、ぼろい商売だと。出版費用見積
もりを実費の倍額ふっかけて、このように優れた作品でしたら半額はうちが負担させ
て貰います、というのが手なのだと。笑いながら泣いていた。自分には、自分の小説
をその出版社から出すだけの金もない、と泣いていた。
経済的なことがいちばんの問題だったのではない。絵美が逃げたかったのは、その
男の泣き顔からだったのだ。そんな男が、なけなしの金をはたいて買ってくれた、時

計。

だからこそ、ゴミ袋に入れた。そうする以外、どうしようもなかった。もう二度と、その時計を見たくなかった。だから他人にもあげられず、持ったまま結婚することもできなかった。

ああ、そうだ、思い出した。やっぱりただの偶然だ。そうよ、あたし、あの時計を捨てる時、わざと壊してから捨てたじゃないの。タオルにくるんでハンマーで叩いて、壊してしまったじゃないの！

ばかみたい。いったい、何を驚いたんだろう。あの時計は、フォリフォリの人気商品だったのだ。そんなに高価なものでもないし、量産品だ。同じものがこの世の中にはたくさんあるのだ。


「持って帰らないのかい」

時子が、笑いを押し殺すような声で言った。

「他にもいいものがたくさんあるよ。あたしゃあんたが気に入った。だから、なんでもあげるよ。そのへん適当に掘り返してごらん。あんたが持って帰りたいもんがあったら、持って帰っていいよ」

なぜなのか、絵美は時子の言葉に逆らうことができなかった。いつのまにか、ゴミの山の上にはいつくばって、弁当の空やスーパーの袋、ペットボトル、腐った野菜、カビの生えたパンの中に腕を差し込んでいた。いったい何を見つけようと言うのだ。自分で自分に問い掛けるが、答えなどない。それでも、ゴミに埋もれたその部屋は、その家は、その庭は、何かを隠している。何かがその中に、隠されている。その何かを見たい、そんな欲求が、絵美の心を支配してしまった。

ゴミの山の中からは、様々なものが現れた。子供のオモチャ、若い女性が好みそうな服、靴の片方、汚れたスリッパ、把手（とって）の取れた鍋、かけた茶碗……そして、それらにまとわりついている、何かが腐敗して溶けたドロドロ。いったいこのドロドロは何なのだろう。もとは何だったのだろう。食べ物だったのか、それとも生き物だったのか。動物の毛もたくさん混ざっている。ゴキブリの死骸も、ひからびたヤモリも。食べ物や生き物の他に、こんなふうにドロドロと腐るものがあるとしたら。

捨て去られた人生の澱（おり）が、このゴミの山の中でふつふつと腐敗し、ガスを出し……

やめなさい！　ばかな妄想にとらわれるのは、やめなさい！

絵美は笑い出した。どうして自分がこんなことをしているのか、それがわからない。

「ゴミですよ」

絵美は言った。

「みんな、ただのゴミなんですよ。安村さん、あなた、勘違いしているんです。これはみんなゴミよ、いらないものよ。あなたの財産なんかじゃない」

「勘違いしてるのはあんただよ」

時子も楽しそうに笑っている。

「自分でわかっているくせに。わかっているから、そうやって、持って帰れるものが何かないか、探してるんじゃないか」

手帳。表紙にイニシャルが印刷された、深緑色の手帳だ。絵美は、叫び出しそうになり、必死に歯をくいしばって堪えた。飾り文字で金色に印刷されたイニシャルは、E。これも偶然？　偶然なの？

特注だった。通販で見つけた万能手帳。使いやすそうだったので、自分で電話して申し込んだ。イニシャルはサービス。絵美の、E。中身だけ入れ替えれば何年でも使えるタイプだった。なのに、捨てた。なぜ捨てたのか……それは……

表紙をめくる指先が震える。そんなはずはない。これが、ここにあるはずは……

表紙の裏側に、茶色の染みが広がっていた。

絵美は手帳を放り投げた。

こんな偶然、あり得ない！

「こら、何をするんだい。持って帰らないなら元のように埋めといておくれよ。それもあたしが引き継いだ、人生なんだからね」

時子の哄笑が耳に響いた。

社会人になってすぐ、嬉しくて買った手帳だった。まがりなりにも憧れていた出版界に就職できて、毎日が楽しくて仕方なかった。二年使った。もっと使い続けるつもりだった。が、汚してしまった。血で。

いちばん仲が良かった会社の同僚、名前は美沙。金曜日の夜、六本木のクラブで遊んでいて、とても素敵な男の子にナンパされた。酔って気が大きくなっていて、ふと気づくと、見知らぬマンションの一室にいた。甘い、重たい香り。マリファナ。美沙はもう、吸っていた。笑いながら。あたしは逃げた。美沙を突き飛ばして。男が追いかけて来た。マンションの外で転んで、鼻血が出た。バッグの中身が散乱し、拾おうとしてその上に自分の血がかかった。開いた手帳の内側にも。その血のおかげで人だかりができて、男は諦めた。

美沙とは、二度と口をきかなかった。美沙の方であたしを無視した。少しして美沙は会社を辞めた。風の噂で、モデル崩れの男と同棲していると聞いた。そして、風俗で働いていると！……

血で汚れた手帳だもの、捨てるしかないじゃないの！

あたしが捨てたのは手帳よ。友達じゃない……

「まだあるよ。ほら、その靴」

時子が笑いながら指さす。絵美は全身が凍りついたようになった。高校生の頃大好きだったその靴。あり得ない！　これは……これは燃えたはずなのに！

祖母の部屋でこっそり煙草を吸っていた。親にばれたらものすごく怒られる。自分の部屋で吸うと臭いでばれる。だから隠れて、こっそりと、祖母が留守の間に祖母の部屋で吸った。祖母の部屋には仏壇があり、毎日、線香をともしていた。その線香が立てられた灰で消したつもりだった煙草。火事になった。火は隣りの家に燃え移り、寝たきりだった隣家の老女が焼け死んだ。失火の責任は祖母になすりつけられた。隣家の老女に身寄りはなく、どこからも責められはしなかったが、祖母は落ち込み、あれ以来、ボケてしまった。持て余した両親は祖母を施設に入れ、祖母は、そこで死んだ。この靴は……靴は……祖母が買ってくれたもの。あの時、灰になったはずの……写真。近所に住んでいた従姉と写っている写真。中学生の時、同じ高校生に恋をした。それで仲が悪くなり、従姉の写真はすべて破って捨てた。破って。どうして破れていないの？　これは本当に、あの従姉なの？

何よこれ、あたしの自転車の鍵！　古ぼけて壊れかけていて、どうしても新しい自転車が欲しかったから、鍵をなくしたって嘘ついて……鍵を捨てた。あれは、あれは……小学校の五年生の時だった？　あり得ない、なんでこんなものが、今、ここにあるの？

落ち着け。落ち着け。落ち着け。

自転車の鍵なんてどれもみんな同じ。ただの偶然。マジックで、えみ、と名前が書いてある？　えみ、なんて、ありふれた名前じゃないの！

靴だって、近所の靴屋さんで買った既製品。同じものがきっと何百足と売られていたはず。写真？　こんなの、他人の空似。あたしに似てる人と従姉に似てる人、ただそれだけの話……

「持って帰らないのかい」

時子が、笑いを押し殺すような声で言った。

「他にもいいものがたくさんあるよ。あたしゃあんたが気に入った。やっぱり女だね。女は物に人生を映すから、物がちゃんとその人生を引き受ける。男だとね、忘れちゃうからね。自分が何を捨てたか忘れちゃう。困ったもんだよ。あんたぐらいの、もう若くない女なら、そうやって、お宝を掘り出せるんだ、ここで。四十年近く生きていれば、たくさん捨てるだろうからさ、自分ってもんをゴミにしてさ。だから、なんでもあげるよ。そのへん適当に掘り返してごらん。あんたが持って帰りたいもんがあったら、持って帰っていいよ」

時子は、また、たからかに笑った。そして、じっと絵美を見た。

「心配しなくていい」

時子の声は、低く流れた。

「言っただろう？　あたしはあんたが気に入ったんだ。持って帰りたければ、全部持ってお帰り。持って帰って、もう一度あんたの人生の一部にすればいい。だけど、もう忘れたい、二度と見たくないと思うなら、また埋めておけばいいのさ、その中に。

あたしが守ってやる。誰にも触らせないよ。絶対に、誰にも渡さない。そこにある限り、それはもう、あたしのものなんだから。あんたにもわかっただろう？　ここにあるものは、ゴミなんかじゃないんだ。あたしがこうやって守ってやらないと、これを捨てたやつらが困るんだよ……あんたも含めて、ね」

3

ありふれた記事だった。新鮮味もないし、筆者の意欲も感じられない。それでも、文章にそつはなく、読み物としてはよくまとまっている。何より、写真の豊富さが強みだ。安村時子が貸してくれた、時子の若い頃の写真。素晴らしい美人だ。着物姿で満開の桜の下に立っているその写真は、女優のスチールだと言っても通るかも知れない。時子の半生も、細かく綴られている。美貌があだとなって、実家の貧困を救うために意にそわぬ相手と結婚させられ、夫の浮気や暴力に耐えかねて家を出た。子供たちには捨てたとののしられ、悲しいひとり身のままネオンの街で水商売をして……

人々が求める情報、読みたかった物語が、そこにはある。ゴミ屋敷に住む老女。頑なな心。辛い過去と孤独。なぜゴミをためこむのか。時子の心の空白。お涙ちょうだいの物語。

絶賛された。誰にも心を開かなかった時子が、絵美にはこんなに赤裸々に語った、と。あの隣家の主婦までもが、わざわざ絵美宛に手紙をくれた。安村時子を慰めて、なんとか、地域に溶け込んでもらい、少しずつゴミを捨てさせて貰えたらと思っています。

不可能なのに。

時子は、決してゴミを処分しない。いや、ほんの少しずつ、腐ったドロドロになったものくらいは捨てるかも知れない。が、そうなるまでは、きっと、守り続ける。

それが信じられるから、絵美はまた、時子の元へと向かっている。

「あら」

インターホン越しの時子の声は弾んでいた。

「やっぱり来たね。来ると思って待ってたんだよ。今日はね、あんたのために、お菓子を買っておいたよ。早くお入り」

いつものダイニングキッチンで、時子は真っ黒な湯飲みに茶をそそぐ。もう、気持ち悪いとは思わない。茶の味は薄くて何も感じないが、それでも、絵美は、涙ぐみたいほど安堵しつつ、最後の一滴まですすった。

「探してごらん」

時子が言う。

「きっと、そのへんにあると思うよ」

絵美は頷いて、ゴミの山へと向かう。その上に身を投げ出すようにして、山の中を探す。

探す。探す。探す。

きっとここにある。ここにあるはずだ。ここにさえあれば、時子が守ってくれる。決して他の誰の手にも渡さずに、時子が守り続けてくれる。

指先が触れたのは、白いプラスチックの柄がついた、小振りの果物ナイフ。銀色の刃先には、まだいくらか赤みを残した茶色の汚れが、べったりと付いている。

「あったかい?」

時子がうたうように言った。

「どうする？　持って帰りたいなら、持ってお帰り。そしてあんたの人生の続きにもう一度、くわえてやったらいいさ」

「捨てたものですから」

絵美は言った。自然と、喜びで口元がゆるむ。

「もう時子さんのものです。時子さんが、ずっと、ここに隠しておいてくださいな」

「わかったよ」

時子が静かに言った。

「それはあたしのもんだ。もう誰にも渡さないよ。でもね、あたしはそれを隠しておくつもりはないんだよ。それは、自分でここに流れ着いて、自分で隠れたんだ。たぶん、あんたのやったことを、そのナイフはゆるしたのさ。だからここに隠れた。誰にも見つからないようにね」

わたしは、ゆるされたのだろうか。誰に？

時子の記事が話題になり、署名原稿の依頼やルポの企画が殺到した。本を出す話も舞い込み、進んでいる。夫は不機嫌になった。子供などしばらくつくれない、と絵美が言ったから。そして、罵り合い。

憎んでいたわけではないのだ。ただ、鬱陶しいと思った。もう、いらない、と思った。自分の人生には、もう、いらない、と。

先にナイフを手にしたのは夫。力で脅せば。脅すつもりだったのだ。脅せば、女は言うことを聞くとその目が信じていた。恐怖でしばれば。

受け入れてしまえば、すべてが終わる。もう二度と、この男に逆らうことができなくなる。受け入れてしまうことは、死ぬことだ。

だから戦ったのだ。揉み合い、ナイフを奪い、刺した。

解体した夫の遺体と凶器のナイフ。

別々に捨てた。

別々に、ゴミ袋に入れて。

いずれ、この山の下から、夫の手が、足が、胴体が、そして頭が見つかるのだろう。

絵美は、思う。

わたしが捨てたわたしの人生の一部。いずれここに流れ着く。

けれど、夫のからだは、すぐに腐ってくれる。黒いドロドロになって、消えてしまう。

誰もいぶからない。誰もおかしいと思わない。

ここには悪臭が満ちている。ドロドロがいっぱいだ。

そして何よりも、時子が、すべてを、守っていてくれる。

ランチタイム

1

ランチタイムの憂鬱(ゆううつ)、ランチタイム・ブルーって言葉が話題になったのって、もう何年前のことだろう。

会社の同僚とランチタイムを過ごすのが苦痛になり、一人で昼ご飯を食べる女性が増えている、そんな切り口の記事が女性週刊誌にたくさん出ていた、あの頃。自分から一人ランチを選んだならまだしも、同僚たちから仲間はずれにされて一緒に食事をして貰(もら)えない、それが苦痛で会社に行けなくなったり、最悪自殺してしまったり……そんな記事。

思えば、あの頃はまだ、いくらか余裕があったのだろう、この国の人々にも。

3・11以降、昼ご飯のことなんかで悩んでいられなくなった。不況、増税、就職難、低賃金。

貧困層、と呼ばれる人々が確実に増えている、それも若い女の子がたくさん貧困にあえいでいる昨今、ランチタイムが持てるだけいいじゃないの、会社で働けて昼休みが貰えるんだから。コンビニおにぎりを席で食べるだけの一人ぼっちのランチだって、仕事がない人から見たら羨ましい状況なのだ。

そう、ランチタイム・ブルーなんて、すでに過去のもの。今は強いて言うなら……

エブリタイム・ブルー。

誰もわたしに話しかけて来なくなって、もうどれくらい経つだろう。別に仕事中に誰かと話したいとも思わないし、もともとお喋りが好きなほうではなかった。子供の頃からそうだったのだ。小学生の時も、授業の合間の休み時間は、いつも自分の席で本を読んでいた。寂しいという感覚がなかったわけではない。でも、あえて自分から話しかけてまでお喋りしてみたところで、たいていは話題がすぐになくなって、曖昧に笑っていることしか出来なくなる。なぜなのか、クラスの同級生と「話が合った」と感じたことがない。いつも、何かズレている、どこか嚙み合っていない、そんな感覚につきまとわれていた。だから一人でいるほうが気楽だった。安心出来た。

中学でも高校でも、あまり変わらなかった。幸いひどい虐めの対象にはされなくて済んだけれど、虐めてやろうとも思わないほど誰の頭にも印象がなかったのかもしれない。インフルェンザで一週間休んでから登校しても、久しぶり、と言ってくれた同級生はいなかった。

六年間、部活は帰宅部。実家は決して裕福ではなく、しかも子だくさんだった。五人きょうだいの末っ子を産んだあとで母が大病し、その後遺症で働けなかったので、サラリーマンの父の収入だけで一家七人が生活していたのだ。わたしは次女で上から三番目、真ん中だった。服は姉のお下がりを着て、オモチャも姉や兄の使い古し。その姉と兄は高校を出ると独立してしまい、弟と妹の面倒は中学生の頃からわたしの役目だった。歳が離れていた妹と弟は、姉たちからの仕送りで新しい服に新しいオモチャ。

ひがんだりはしなかった。そう、わたしはひがみっぽい性格ではない。むしろ、もう少しひがめば良かったのだろう。ひがんで見せれば周囲も気づいてくれたかもしれない。ああ、この子にも不満はあるんだ、この子だってここにいたんだ、と。

わたしはおそらく、無駄にプライドが高いのだと思う。同情されるのが我慢出来ない、かわいそうに、と言われるのが何より恥ずかしい、そういう性質なのだ。

だからいつも、なんでもない、すべて順調、満足しています、という顔をしていた。

そして、無視され続けた。

それももう、どうでもいいことだ。とにかくわたしは大人になれた。アルバイトしながら国立大学を出て、就職も出来た。真面目に働いて働いて、少しずつ生活も楽になった。頭金を貯めて東京の隅っこに四十平米のマンションも買った。１ＬＤＫの自分のお城で暮らすようになった時、三十六歳になっていた。

充分、幸せだった。

仕事は忙しかったけれど、ルーチンで同じことを繰り返しているだけなのでトラブルもなかった。他の誰よりも手際よくこなす自信があり、周囲も重宝してくれていた。だからリストラの嵐が社内を吹き荒れていた時も、なんとなく自分は大丈夫だろうと思っていた。実際、わたしは会社に残れた。給料は上がらなくなったし残業代もつかなくなったけれど、ローンの支払いさえ出来ればあとはどうにでもなる。

節約の為に昼食は弁当持参で、だから同僚たちと気まずいお喋りをする必要もなく、自分の席で好きな本を読みながら食べられる。ランチタイム・ブルーなんか関係ない。

それでも、やっぱり空しさを感じる時はある。

今もそう。

最近少し食欲がないので、お弁当も作らなくなった。昼休みがとても長く感じる。自分の席でただ座っているだけだと、このまま永遠に昼休みなんじゃないか、という気さえして来る。

鬱々とするのは嫌なので、最近は外に出るようになった。出ても食事はしたくないので、ただぶらぶらと街を歩く。

街の中にいても、わたしは無視され続ける。それは苦痛というほどのことでもない、むしろ気楽でいい。

歩道を歩く人たちの歩調はみな一様に速く、せわしない。人々はいつも時間に追われ、目的に追われている。平日のランチタイムにビジネス街を呑気に散歩する者など、わたしの他にいるわけもない。人々はわたしなどこの世にいないものであるかのように、避けようともせずにわたしにぶつかって来る。でも慣れっこになってしまったわたしはそれを器用に避けることが出来る。都会の渦の中で快適に暮らすには、ほんの少しだけコツが必要、ということ。

すいすいと人波の中を泳いで、時には大きなビジネスビルに入ってみる。東京の高層ビルはそのほとんどが、複合商業施設になっている。会社が入っているフロアの他に、飲食店のフロア、洋服や雑貨、輸入物の高級品などを売っている洒落(しゃれ)た店が入っているフロア、それにホテルなども同居している。ランチタイムは飲食店フロアが大混雑しているが、他のところは平日は人が少ない。

どの店に入っても、店員たちはわたしに話しかけて来ない。おそらく彼らにはわかるのだ、わたしが何も買う気がない、ということが。いや、子供の時から、買うつもりでお金を握りしめて店に入っても、店員から無視されることは多かった。引っ込み思案で口下手で、店員に自分から話しかけることが苦手な子供だったから、握りしめたお金をそのままに黙って店を出て来るしかなかった。時にはなぜか込み上げて来た悔しさに涙が出ることもあったけれど、大人になるにつれてそれもなくなった。所詮(しょせん)彼らが欲しいのは、その手に握りしめたお金だけなのだ。たとえどんなに愛想よく親切に接してくれたとしても、彼らはわたしになんか興味はない。ただただ、握りしめられたお金にしか関心がない。それがわかってしまえば、心は軽くなる。

だから、堂々と店に入れるようになった。もともと買う気がない時は、下手に店員から話しかけられないほうが冷やかしが楽しめる。思う存分商品を眺め、店内を何度もまわって、冷たい目で見ていた店員に会釈して店を出るのは、けっこう快感だ。最初から買うと決めている時は、自分から店員に話しかけることも出来る。出来るんだ、と自分に言い聞かせたら、赤面したり言葉に詰まったりせずに話しかけられるようになっていた。

大人になるということは、鈍感になるということ。

わたしは鈍感になった。そして救われた。

あ。

同じフロアにいる子たちだ。名前はなんだっけ。部署が違うと名前が憶えられない。最近の若い女の子はどうしてみんな、同じような化粧をするんだろう。しかも、濃い。だから素顔が透けて見えない。個性がなくなって、クローンのように同じに見える。わたしのいる会社には制服がない。せっかく好きな洋服を着て仕事が出来る環境なのに、ファッションまでどこかで見たような雰囲気ばかり。ファッション誌の受け売りだ。そして似合っていない。

わたしは思わず苦笑した。こんな愚痴ばかり出るようになったら、もう歳だ、ということなのだろう。三十八歳の誕生日の三日前に、もうこれ以上歳はとらないと決めた。なのに、やっぱり歳はとってしまうものらしい。視界の中の光景がどれもこれも少しずつ色あせ、自分とは違う世界の何かのように思えて来る。

それでも、ちょっとだけ好奇心が湧いた。商品の陳列棚に遮られて、わたしの姿は彼女たちから見えない。わたしは同僚たちの会話に耳をすませて立ち聞きした。

「やっぱこれ、可愛い！」

「ほんとだ。ViViに載ってたの見て、可愛いと思ったんだぁ」

「でももう売り切れてるかと思ってた」

「そうだね。最近さあ、ViViに載ってもすぐ売り切れってことはなくなった気がしない？」

「店がたくさん仕入れるんじゃないの、ViVi効果期待して」

「えー、ってことはこれ、いっぱいあるってこと？　なんかさあ、そう思うとちょっと買う気なくなるよね。東京でこれ持ってる人がいっぱいいるのかと思うとさ」

「東京だけじゃないよ。横浜でも神戸でも大阪でも持ってるよ、みんな」

「わー、じゃ、わたしパス」

「うんもう、ワガママなんだからぁ。売り切れてたらもっと仕入れろって文句言うクセに」

三人、いや四人。彼女たちは賑やかに笑いながら移動する。わたしも思わず、会話が盗み聞き出来る範囲をついて歩いた。

「それはそうとさ、あの話、聞いた？」

「なに、あの話って」

「イタドリのこと」

イタドリ。そのニックネームは耳にしたことがある。やはり同じ会社の女性のはず。

「イタドリちゃん？　彼女、退職したじゃない、二ヶ月くらい前に」

「うん、まああれだよね、社内恋愛破局ってのはきついもんね、自分が悪くなくてもさ」

「でも噂だと、イタドリさんにすごい借金あったのがカレシにバレて婚約破棄されたんだとか」

「それがほんとなら、カレシも腰抜けだよねぇ」

「カレシって誰っすか？」

「営業三課の近田さんでしょ」

「え、近田さん？　イケメンですよね」

「仕事もデキルらしいよ。実家は会社経営してて金持ち」

「わー、そりゃ大物だわ。イタドリちゃん、そんな大物釣り逃がしてかわいそう」

「借金ってどれくらいあったのかな」

「婚約破棄されるくらいだから相当なんじゃない？」

「お金の問題じゃなかったのかもねー。買い物依存症とかそんなんじゃないの？　あるいはギャンブルとかさ」

「まあそれなら婚約破棄されるのも仕方ないけど」

「でもねえ……噂がホントならちょっと気の毒だな、やっぱり。そこそこ美人だったし、人生やり直すチャンスはあったと思う」

「……ってなにそれ、なんか死んじゃったみたいな言い方」

「うん……だからさ……噂だと、イタドリちゃん、自殺したとか」

えーっ、と一同が奇妙な声をあげ、さすがに周囲がはばかられたのか急に声が小さくなった。

「……からさ……噂……未遂だったかも」

「未遂……生きてる……」

「……しても可哀想……やっぱマチキンとかから……」

「……万円くらいあったとか……」

わたしは盗み聴きを諦めて、わざと姿が彼女たちに見えるように陳列棚を回り込んだ。だが彼女たちはわたしに気づかず、夢中で噂話を続けている。

わたしは最後に彼女たちを少し睨んだ。こんなところで同僚の自殺未遂を楽しそうに喋るなんて、あまりにも品がない。

中の一人がふと顔を上げ、わたしのほうを見た。確かに目が合ったはずなのに、彼女は会釈もせず、奇妙な、少し驚いた顔をしてわたしの顔を見つめていた。わたしはそんな彼女に背を向けて店を出た。

2

まだランチタイムが終わるまで三十分くらいある。わたしはオフィスビルの谷間を歩き、小さな公園にたどり着いた。オフィスビルと高層マンションの隙間、ほんのわずかな空間に申し訳程度の木を植え、悲しいほどみすぼらしい花壇を作り、とってつけたようにベンチと、子供が乗って遊ぶ動物の形をした遊具が三つ。それでも、そんな公園で幼い子供を遊ばせてる母親も時折見かける。都会のど真ん中の、罰当たりに天を目指したマンションの一室で暮らしていても、たまには子供を地面の上で遊ばせたいと思うのだろう。

遊具と花壇を取り囲むように置かれたベンチの数は、この規模の公園としては多いかもしれない。それらのベンチには、営業マンらしい男が昼寝していたり、愛妻弁当とスポーツ新聞を持参したサラリーマンが、誰にもわずらわされない一人ぼっちの幸せを楽しんでいたりするのだが、わたしもそこに座ってぼんやりと、花壇の花の上を飛び交う小さな虫を眺めて過ごすのが好きなのだ。

ベンチは空いていた。横のベンチには、たまに顔を見ることのある白髪頭の男性が、いつものように弁当箱を膝に載せたままでスポーツ新聞を読みふけっている。一度も言葉を交わしたことはないが、目が合うと会釈はする。今日も、新聞から顔を上げた男がほんの少しだけ目元に微笑みを浮かべたので、軽く会釈した。首からぶら下げたプラスチックのケースに入った社員証は、なぜか字が滲んでよく読めない。だがぼんやりと印刷されている会社のロゴマークには見覚えがある。大手の証券会社だ。

人生に疲れたような皺を顔に集め、少し伸びてだらしなくなった白髪頭を無造作に振りながら新聞の活字を目で追うこの人も、社会的に見ればエリートサラリーマン、勝ち組の一人なんだろう。膝の上の弁当箱には、色とりどりのおかずが綺麗に並んでいる。専業主婦の妻は料理上手で、定年後は二人で温泉めぐりでもして暮らそうと、毎夜の夕飯時には話し合ったりしている、そんな人生。

羨ましいとまでは思わないけれど、こんな男の妻となって毎日弁当を作る生活も、昔思っていたほどには悪いものではなかったろうな、と思う。

たった一人、誰の世話にもならずに生きて行こうと決めた二十代の半ば、就職したわたしはとにかく貯金することしか考えなかった。人生で頼りになるものはお金だけ。裕福な男と結婚できれば問題は解決したかもしれない。だが、裕福な男は美しい女を妻にするものと決まっている。美しくは生まれて来なかったわたしには、裕福な男の妻になる可能性など無視するしかないほど低かったのだ。だったら自分で金を貯めるしかない。

けれど、分不相応な金を無理して掴みたいとも思わなかった。一攫千金の夢はたまに宝くじを少し買う時につかの間見るだけ。子供の頃から心の底にいつも、諦観があった。所詮自分は驚くほどの大金持ちにはなれない。無理をしても失敗するだけ。だから、こつこつと小金を貯めて、小さなマンションでも買おう。定年になってから困らないように、老後の生活が惨めにならずに済みそうな分くらいの預金を持とう。二十代にして自分は、自分の人生を小さな箱に押し込め、あとはその箱が満杯になるまで、同じ毎日を繰り返すことを選択したのだ。

その意味では、念願叶っているわけだけれど。

予想していた通りにわたしを襲ったのは、空しさと寂しさである。そう、まったく予想通りだった。いずれわたしはこうなるだろうと、心のどこかではちゃんと自覚していたのだ。ひとりぼっちでランチタイムを過ごし、公園のベンチでぼんやりと虫を眺めている、誰からも相手にされない「気の毒なオールドミス」。

オールドミスなんて言葉、もう死語よね。きっと、さっき会った若い同僚たちには通じないだろう。でも言葉が死んだだけで、結婚せずに年老いていく女に対する侮蔑と哀れみを表現する言葉はきっと存在している。昔よりも結婚しない選択をする女は増えただろうが、その生き方が称賛されるのは結果的に華やかな成功をおさめた者に対してだけ、失敗や転落こそしていなくても、地味なままで終わってしまう女は「結婚しなかった」選択が誤っていたからだと決めつけられる。

だから？

だからなんだって言うの。

誰に迷惑をかけているでもなく、わたしはただ、そっと一人で生きていた。そのことに文句を言われる筋合いはない。

「寂しさが顔に出てるのかもしれないな」

　不意に、隣りのベンチの男が呟いた。

「人間ってのは意地悪な生き物なんだよ。寂しそうな顔をしていると虐めたくなる」

「あの」

　わたしは男を見つめた。

「わたしに話しかけていただいてるんでしょうか」

「あんた以外に誰がいる？」

「……そうですね。ごめんなさい、知らない人に話しかけられたことって、あんまりなくて」

「まあそりゃそうだろうね。俺だって、あんたじゃなければ話しかけたりしない」

「わたしが、寂しそうな顔をしているからですか」

「うん、まあそれもある」

　男は弁当箱に蓋をした。まだ箸をつけていないように見えるのだが。

「あんたは確かに、寂しそうな顔をしている。だがまあ、そんな人はごまんといるからな。いや、この都会で働く人の大半は、一人でいる時は寂しそうだ」

「でも、自分ではそんなに感じていないんですよ……寂しさは」

「そうかい。まあ、そういうこともあるんだろうな。寂しくはない、でも……なんとなく幸せではない」

「幸せなのかどうかと訊かれたら、幸せだと答えると思います。だって、不幸でないことは確かですから」

「不幸ではないと、自信を持って言えるんだね」

「言えます。わたしは不幸じゃないわ。だって……必要なものはすべてあるんですもの。仕事も住むところも、たまに美味しいものを食べたりするくらいの収入も。ブランドものの服を買いあさったり、宝石を身に付けたりするほどではないけれど、一人で暮らしている上では何も困っていない。今の時代、わたしよりずっと若い人が生活に困っていたりするんですよ。これ以上望むのは贅沢です」

「それは確かにそうだろうね」

「わたしのどこが悪いんでしょうか」

「いや、悪くはないよ、ちっとも」

「でもあなたは、わたしが寂しそうに見えたから哀れんで声をかけた」

「いやいや」

男は笑った。

「哀れんで声をかけたわけじゃないんだ。むしろ……親しみを感じた、と言うべきかな」

「親しみ」

「うん。あなたを見ていて、まるで自分のようだと思った」

「あら」

わたしは笑った。

「そんなの変だわ。あなたは奥様が作ってくださったお弁当を持って、ここでいつも楽しそうに昼休みを過ごしていらした。おうちに帰れば奥様と、おだやかでなんでもない会話をして、二人でいい人生を過ごしていらっしゃるんでしょ」

男は頷いた。

「まあ、そうだった。妻が生きていたあいだ、俺の人生はなかなかいいものだったよ。しかしそのことに気づいたのは妻が死んでからだった。まったく惜しいことをした。あいつが生きているあいだに、おまえのおかげで俺の人生はなかなかいいものだぞ、と言ってやれば良かった」

「奥様……亡くなったんですか」

「うん、もう何年も前にね。この弁当は、あいつが作ってくれていたのを思い出して自分で作るんだ。こういうのは習慣なんだな、弁当がないと昼時が辛い。どの店に入

って も味がわからないし、コンビニで買うもんなんか食う気がせん。けど、自分で作るとつまらないもんだな。食欲は出ないよ」

「とても美味しそうなのに、もったいないですね」

「あんた食べるかい？　まだ箸はつけてないよ」

「ありがとうございます。でもわたしもこの頃、なんだか食欲がなくて、お昼は食べないでぶらぶら散歩しているんです」

「あんたもか」

　男は頷いた。

「こうなってみると、三度三度ちゃんと腹がへって飯が食いたいと思うってのも、考えようによっちゃ幸せなんだな、と思うよ。まあその時に食うもんがなかったら悲劇だけどな。子供の頃、食べ物を残すとよく親父に怒られたなあ。戦争中や戦後すぐは、腹いっぱい何か食べるなんてことは夢のまた夢だったんだ、って。カゴ持って野原に行って、食える雑草をなんとか見つけて持ち帰って、それを刻んで、わずかばかり配給される米や麦と煮て食った、味付けは塩だけ、青臭くて水っぽくて苦くて、今食ったら吐いちまうようなひどい代物だったが、それでも空きっ腹にはうまかったし、そんなもんでも明日はもっとたくさん食べられますように、って神さんに願い事して寝たもんだぞ、ってね」

男は笑った。

「なああんた、知ってるかい？　この国は毎日毎日、とんでもない量の食べ残し、残飯を捨ててんだよ。戦争が終わってまだ百年も経ってないってのに、飢えて野草の粥をすってたことなんか、どんどん忘れていく。なんかさ、そのうち罰が当たるんだろうなあ、なんて思ってしまうよ」

「そうですね……コンビニで小銭を出せば、お腹を満たすものが簡単に手に入る。幸せの魔法をかけられた国だと思います」

「幸せの魔法、か」

「ええ。食べ物も娯楽も消費しきれないくらいあって、お金を出しさえすれば誰にでも簡単に手に入って。でもそれは魔法だから……いつかとけて、自分が幸せなんかじゃないって気づくんだわ……」

「それで、駅のホームからダイブする。人身事故によりダイヤが乱れております、って電光掲示板に文字が流れておしまいだ」

男は、大きくひとつ溜め息をついた。

「愚かなことだ……せっかく生まれて来たのに、まったくもったいない。けどなあ、自分が幸せではないんだって気づいてしまった、魔法がとけてしまった人間に残されるのは、深い深い底なしの穴を覗き込んだ者の抱く絶望だけ。そんな状態で、電車に飛び込まずに一日をやり過ごすのは、まあけっこうしんどいことだよな」

「ええ、しんどいですね……あ、そろそろランチタイムが終わります。わたし、会社に戻らないと」

「明日もここに来るかい？」

「……たぶん」

「そうかい。それじゃ、また」

男は座ったまま手を振った。男は外回りの営業マンなのかもしれない。午後一時まであと七分しかないのに、ベンチから立ち上がろうとはせずに、またスポーツ新聞を広げた。

3

洗面所へ行く途中で、噂話をしていた中の一人とすれ違った。挨拶ひとつ、会釈一つしてくれたわけではないが、肩と肩が触れそうになった瞬間に、わたしの顔を見た。

わたしは言った。

「ごめんなさい、ぶつかりました?」

女は、わたしを睨みつけ、それからまるで逃げるように小走りで去って行った。やっぱり店で立ち聞きしていたのがわたしだと、あの時に気づいたのだろう。でも睨まれるおぼえはないわ。あんなところで他人の噂話をはしたなく大きな声でしているほうが悪いんじゃないの。しかも元同僚で、気の毒な目に遭った人のことをあんなふうに言うなんて。

日本人は、いつからこんなに意地悪になってしまったのだろう。電車に飛び込んで人が自殺しても、ダイヤが乱れることばかり心配し、死者に舌打ちする。どんな思いで死を選んだのか、遺族はこれからどうするのだろうかと、ほんの少しでも心を痛める者はごくわずかだ。婚約破棄されて絶望した元同僚の自殺未遂を、芸能人の噂話でもするように軽く話す。優先席で足を広げて座り、平然とスマートフォンをいじる。老人や杖(つえ)を持った人が席に近づいて来ると、しっかりとスマートフォンをポケットにしまってから狸寝入り(たぬき)。優先席以外の座席はすべて、席を譲らなくてもいい席、だと思っている。妊婦が前に立てば、睨みつけてからわざとらしく寝た振りだ。

自転車で歩道の真ん中を走って、ゆっくり歩いている人の背後から苛立(いらだ)たしくベルを鳴らす。

生活保護を受けている人を怠け者だと叩く。インターネットで少し失言すれば鬼の首でもとったように虐めて、アカウントが閉鎖されると大喜び。

幼稚で、底意地が悪く、浅はかで。

なにより醜悪だ。

わたしは鏡を見た。

自分も醜悪だ、と思った。生気のない青白い顔。たるんだ皮膚。目の下のぶざまな隈。

髪には白髪が目立つ。最後に美容院に行ったのはいつだったっけ。

わたしの心も、さっきの女や電車の中の人々ときっと同じなのだ。幼稚で意地悪で浅はかで。

しかも、感動を失った。

ここ何年も、何かに感動した記憶がない。本を読んでも映画を観ても、ああこんなものか、と思うだけ。評判のいいレストランの料理も、ぼんやりとした味にしか思えないし、音楽を聴いてもうるさいなと感じてしまう。

まるで、感動することが面倒になっているみたい。

心が動かない。心に、動いてほしいと思っていない。


鏡の中に不意に、上品なスーツを着た年配の女性が現れた。

……専務！


井上（いのうえ）専務、いや、元専務は、わたしたち女性社員の希望の星だった。四十代で平（ヒラ）取締役となり、それから数年で常務、専務へと異例の出世をした。才色兼備、すべてをあわせ持った特別な女性。だが少し前……一年だったか二年だったか……に、家庭の事情で退職した。息子さんが長年ひきこもり生活をおくったあげく、自殺したという噂。ご主人に愛人が出来て離婚したという噂。個人的な投資の失敗で破産したという噂。いろいろな噂が飛び交っているけれど、真相は結局、誰も知らない。

「井上……専務。あの……会社にいらしていたんですか」

「もう専務じゃないわ」

井上多喜子（たきこ）は品良く微笑んだ。

「あなた……経理部の伊能（いのう）さん？」

「はい。憶えていてくださって嬉しいです。以前、社員旅行でデュエットさせていただきました」

「ああ、そうだった！」

井上は無邪気に手を叩いた。

「あなた、とても歌がお上手だったわね！　ええ、よく憶えていますよ。あなた……大丈夫？」

「……はい？」

「なんだかその……具合があまり良くないみたいだから」

「顔色、悪いですか」

「……顔色は……まあそんなに気にしなくてもいいと思うけれど。ただ少し……混乱しているみたい」

「……やっぱり専務はすごいですね」

「専務じゃありませんよ」

「いえ、わたしにとっては井上さんではなく、永遠に井上専務ですから。専務はすごいです。わたしの心の中まで見抜いてしまうなんて」

「他人の心の中なんか、わたしには見抜けないわ。でもちょっと心配、かな。もしわたしで出来ることがあれば、お手伝いするけれど」

「ありがとうございます。でも、専務のお手をわずらわせるようなことは……あの、もしかしてこの会社に復帰なさるとか？」

「いやねえ」

井上はまた、愛らしい、とさえ言えるような笑みをつくった。もう六十代になっているはずなのに、少女の風情のある人だ。

「いくらなんでも会社に復帰は無理だわ。もうここを離れてから随分経つし。でもね……近くまで来ると、つい懐かしくて寄ってしまうの。わたしの同期の人たちはみんな定年退職間近で、なんだかのんびり仕事していて羨ましい」

「井上専務は、今でもお仕事を？」

「もう仕事は必要ないわ……ゆったりと、一人の時間を楽しんでいます。ねえ伊能さん、もしわたしの助けが必要になったら、ここに電話してみて」

井上は、携帯電話の番号らしき数字が書かれた名刺のような白いカードをわたしに手渡した。

「遠慮しないでかけてね。いつでも出るから。それじゃ、またね」

井上の穏やかで美しい顔が、鏡から消えた。

わたしは嬉しかった。白いカードを抱きしめるように胸に当てて、それからポーチの中にそっとしまった。

翌日もランチタイムになると、わたしはあの公園に向かった。スポーツ新聞と弁当箱を膝に載せた男は、昨日と同じように穏やかに微笑んでくれた。

わたしはまた隣りのベンチに座り、空を見上げる。高層ビルの隙間に生まれた、小さな四角い空だった。それでも空は青く、雲は白い。鳩の群れがどこへともなく飛び去る。

「ここにいると、なんだかとても穏やかな気持ちになれますね」

わたしは言った。

「少し眠くなるような」

「眠ればいい。一時前になったら起こしてあげるよ」

「ありがとうございます。でもこの少し眠い感覚、なんだかとても気持ちが良くて。心がほどけていく感じがします」

「ようやくリラックスして来たのかな？　このところずっと、緊張していた？」

「そうかも知れません。なんだか不安で……どうしてなのかしら、ここ一ヶ月くらいかな、すごく不安だったんです。慣れているはずのランチタイムの独りぼっちが、とても……怖くて。自分の居場所がこの世界のどこにもない、そんな感じでした。一日中居心地が悪くて」

「それは困った。旅にでも出てみたらどうだい」

「旅ですか」

「嫌いかな」

「いいえ……好きでした。いつからかしら、旅もしなくなってしまった。どうしても自分の城が欲しくてマンションを買ったんです。そのローンを支払う為に、頭金を貯めていた頃よりもっと節約するようになって。結局わたし、あの1LDKの部屋の為に生まれて来たみたいな」

　男は笑った。

「それはなんというか、面白い表現だ。なるほど、ローンの支払いに生活を制約される人生は、家を持つ為に生まれたようなもんだな。そしてローンを払い終わった頃には家は古くなり、子供たちは独立して出て行く。あとにはボロになった家と、からだ中痛みを抱えたよぼよぼの自分が残るだけ。しかしそれでも、何も残らないよりはずっとましな人生だということだね。……おや」

　男が顔を上げた。そこに、若い女性が立っていた。

「君は……以前にもここに来たことがあったな」

　女性は頷き、わたしの隣りに腰をおろした。

「こんにちは」

　女性が微笑む。わたしもつられて微笑んだ。

「こんにちは」

「よくいらっしゃるんですか」

「ここに？　そうね……最近、ランチタイムには毎日」

「ここはいいですよね。わたしも以前、ランチタイムになるとここに来ていました。コンビニのおにぎりを食べながら、ここでぼんやり過ごすのが好きでした」

「過去形ね。今は好きじゃないのかしら」

「ランチタイムがなくなっちゃったんです」

　女性は肩をすくめて、ふふ、と笑った。

「今は無職なので、一日中でもここに座っていられます」

「それは……羨ましい……かな」

「どうしてあの頃、ランチタイムがあんなに苦痛だったんでしょう。今でも時折、あの頃の心の痛みがうずくような気がします」

「人間関係とか、うまくいっていないんですか」

「うまくいっている人って、いると思います？」

女性はまた笑った。

「気をつかって気をつかって、神経がぴりぴりするくらい気をつかって。それでも本当に些細なことで憎まれたり嫌われたり。隙を見せたら騙されるし、油断すると裏切られる。でも警戒すれば仲間はずれにされ、自分の言いたいことを言うとみんな去っていく。いくら努力したってうまくいかない」

「そうね。本当にその通りだわ」

「ふと、ばかばかしいって思ったんです。人間関係なんてばかばかしい。もう気にするのよそう、って」

「そうしたら、楽になりました？」

「楽というか」

女性は諦めたように笑った。

「誰もわたしのまわりにはいなくなりました。みんな去ってしまいました。親友だと思っていたひとも、婚約者も」

「……婚約者まで！」

「正確に言えば、親友だと思っていたひとと婚約者とが、一緒にいなくなったんですけど」

女性は、わたしの目を見つめた。

大きな目だった。瞳が黒く深い。だがなぜなのか、その目は何を見ているのかまるでわからない目だった。

「わたし、板野翠です」

えっ。

……イタドリさん。

「お顔を憶えていました。同じ会社ですよね」

わたしは頷いた。

「わたしのこと、今でも社内で噂している人、います？」

「あ、いえどうかしら……」

「いるんですね、まだ」

板野翠は笑った。

「ひどい噂ばかりでしょう？　でも仕方ないですよね、ひどい噂だけどほとんど真実だから。理想の結婚相手に巡り合ったと思っていたのに、ゴールイン目前で親友と彼の裏切りを知って。婚約解消はわたしから言い出したんですよ。でも彼は親友と結婚してしまったから、フラれたのはわたしなんですけど。自殺未遂したなんて噂もあるそうですね。聞いてます？」

「……少し。若い子たちのお喋りをなんとなく聞いてしまって……」

「いい加減な噂です。本当は」

「おい、そんな話、もういいじゃないか」

男が言った。

「今日はいい天気だ。もっとのんびりしよう」

「でも、本当のことを知って欲しいな」

「イタドリ、いえ板野さん、本当のことって」

「知りたいですか」

「……ええ」

「本当はね」

「おい。もうやめよう」

「本当は」


「うそ、マジで?!」

「あ、このパスタ美味しいね。ここのランチ、八百九十円は高いかなと思ったけど、このクオリティならゆるす」

「コーヒーにプチケーキ付きだしね」

「ねえそんなことといいから、ねえ、ほんとなの？　アイコ、ほんとに感じた？」

「うん、感じた」

「うそだぁ。あたし感じたことないよ、あそこで」

「だって感じたんだもん。こう、なんかね……肩と肩が触れたような気がして」

「いやっ。あたしダメ。その手の話題、苦手なの！」

「あたし子供の頃から感じやすい子だったんだよねー、そういうの」

「でもさあ、会社の中でなんて」

「わかる、アイコ。会社の中だからあり得るんだよ」

「どうしてよ」

「だってさ、あの人、自宅と会社往復するだけで……」

「寂しそうだったよね、ちょっと」

その言葉に、アイコは言った。

「そうかな。確かにいつも一人でいたけど、でも仕事は出来る人だったし……」

「いくら仕事が出来てもねぇ。総合職でないと出世とは無縁だし」

「別に出世しなくても。安定したお給料貰って、休日に好きなこと出来ればそれは幸せなのかも」

「それはそうだけどさあ」

「でもねえ、いざ、出る、となった時に自宅と会社しか出るとこがないってのもね」

その場にいたみんなが笑う。アイコは曖昧に笑ったが笑いたくはなかった。

確かに感じたのだ。

あの人がそこにいることを、あたしは感じた……


――――――――

「本当は、未遂じゃないの」

「え……」

「ちゃんと、死ねました」

板野翠は、少し悲しげに微笑んだ。

「わたし、死にました」

「……何を言っているの……だって」

「あなたにはわたしが見えるんですね」

「もちろん見えるわ。当たり前じゃないの」

「そしておじさんのことも見える」

「だから、見えて当たり前でしょう」

「おじさんも、死んじゃったから」

「あなた何を言っているのよ。おかしなこと言わないで」

わたしは隣りのベンチの男を見た。その途端、恐怖で背中が震えた。

男は板野翠よりもっと悲しげな顔をしていた。

「すまない。確かにわたしも死んだんだよ。もう半年になるかなあ、心臓発作でね」

「だって！」

わたしは叫んだ。

「だって二人とも、ちゃんとここにいるじゃないの！」

「会社の廊下だけじゃないのよ。実はね、昨日もちょっと、なんか変だなって」

「どこでよ！」

「地下鉄駅近くのフジマルビルの中で。ほらポストカード選んでた時。なんかこう……気配というか、感じて。あの人の横顔とか一瞬、思い出しちゃって……」

「二人とも悪い冗談はやめて！ あなたたちは死者じゃない、だってちゃんとそこにいるんだもの、わたしとこうして会話してるじゃないの！」

「リラックスしよう」

男が言った。

「あんたは緊張し過ぎている。心をもっとほどいて、空を見て。そうすれば……この世界の真相があんたにも見えて来るよ。そうしたら楽しめばいい。あんたがそうしていることを、もっと楽しめば」

「わたし、後悔してないのよ。自殺なんて衝動的に愚かなことしちゃったけど、後悔はしてない。もっと生きていろんなことしたかったような気もするけど、正直、もうどうでもいいの。いつまでこうしていられるのかはわからないけど、こうしていられる間は好きにする。あなたは」

「やめて！」

わたしは叫び、とっさに携帯電話と、なぜかバッグの中で口を開いていたポーチから白いカードをつまみ出した。震える指で番号を押す。

「もしもし、井上さんですか！　井上さん、助けてください。わたし今、今、すごく怖くて。わたし、死んだ人の姿が見えるんです。死んだ人と話が出来るんです。でも、信じられないし、こんなの悪い冗談に決まってます。でも怖い。怖いの。助けて。助けて！」

「落ち着いて。そこはどこ？」

「公園です。二丁目の交差点から高速道路のほうに行った」

「わかった。すぐに行きます。あなたはそこを動かないでね。大丈夫よ、助けてあげられるわ」


「もうすぐ助けが来るわ」

わたしは泣きながら言った。

「こんな嫌な冗談、もうやめて！」

「冗談なら良かったんだけど」

板野翠はまた悲しそうな笑顔になった。

「わたしだって、生きている時にあなたと友達になりたかった」

「……友達」

「今だからわかるの。わたしたち、きっと友達になれたはず」

板野翠の姿がぼやけて変化し始めた。わたしはあまりの恐怖に声も出なかった。美しく白かった皮膚がどす黒い色へと変わり、血走った目は大きく見開かれる。その唇はふくれてゆがみ、間から赤い芋虫のように舌がはみ出した。その細い首には、くっきりと、あずき色に変色した紐の痕跡があった。

「ごめんなさい、こんな姿見せたくないんだけど……」

ベンチに座っていた男も変化していた。土気色の肌、口から噴き出す白い泡。毛は逆立ち、苦悶の表情があらわれる。それでも男は言った。

「楽しめばいいんだ。楽しもう。わたしは別に怖くもないし、ここに未練もないんだよ。でもまだ向こうにいけないのなら、せいぜい楽しもうと思っている。こんな醜い国、それでもこの国でしか俺は生きられなかったんだから、最後の最後までここで楽しむよ。もうじき妻にも会えるだろう。それまで、のんびりと楽しむよ……」

翠と男の顔が溶けて崩れた。垂れ下がった目玉がぽてりと地面に落ちる。

わたしは悲鳴をあげ、そのまま気絶した。

＊

「伊能さん」

優しい声が聞こえて来た。

「伊能さん、大丈夫？」

井上元専務の、美しい顔がわたしを見下ろしている。

「さ、起きて」

白い手が差し出された。わたしはその手をつかみ、ゆっくりと立ち上がった。

「彼らには消えて貰ったわ。悪い人たちじゃないのよ。むしろ、とても気のいい人たちなの。あの人たちもあなたを助けようとしたんだと思う」

わたしは黙って頷いた。

「デリケートな問題だものね。珍しいことじゃない、むしろよくあることよ。ううん、ほとんどの人があなたと同じ。みんな最初は……気づかない」

わたしは、下を向いた。涙がこぼれる。

「わたしも気づかなかったもの。気づかずに、いつもと同じことをしていた。顔を洗ってお化粧をして、町に出た。そのうちに気づく。誰も自分に話しかけてくれないことを。誰に話しかけても、返事をして貰えないことに。……あなたは……」

わたしは頷いた。

もう、いい。もう。

「質問しても、いいですか」

　わたしは言った。

「こんなに突然終わってしまうなら……わたしは何の為に生まれて来たんでしょうか」


　井上は、そっとわたしの頬を撫（な）で、流れる涙をぬぐってくれた。

「生まれて来たことに、意味や目的なんかないのよ。生まれて来たことが奇跡なの。わたしたちは奇跡によって誕生したの。だから……ただ生きているだけで……それはたぶん、美しくて、素晴らしいことなんでしょうね。生きているうちは滅多に、そうは思わないけれど。さあ……残り時間、何がしたい？　おつきあいするわ」


　残り時間。

　ランチタイムの残り時間は……空を、雲を。


「ここに座っていたいです」

　わたしは言った。

「もう少し。それから……会社に戻ります」


「あらアイコ、お花？」

「なんか今朝、駅の花屋さんで見かけて、綺麗だなって」

「でもそこに置くの？　そこって伊能さんの席だった……」

「置きたくなったの」

「どうして」

「わからない。でも……」


でも確かに、あたしは感じたのよ。伊能真理子(まりこ)はまだ、ここにいる。

無口で静かでいるのかいないのかわからないような先輩だった。でも、悪い人じゃなかった。新人の頃のあたしに優しかった。

ランチタイムにはいつもこの席で、ひとりで本を読んでいた。

誘ってあげれば良かった。一度くらい、ランチご一緒しませんか、って。

あんなに突然、交通事故なんかで。

人生ってなんて呆気なく終わってしまうんだろう。きっと伊能さん自身、自分が死んだことにすぐには気づかなかったと思う。びっくりしたと思う。

ごめんなさい、伊能さん。

ランチ、一緒に行きたかったです。


いいのよ、と、わたしは答えた。

ありがとう。


アイコが置いてくれた花は、ピンク色のガーベラだった。

ランチタイム・ブルーを優しく照らす、やわらかな、色だった。

自滅

ここは秘密の場所だ。誰にも教えたくない、わたしだけの特別な場所。

1

いつもの通勤電車からそのビルを見つけたのは、まったくの偶然だった。すでに三年近くも、平日はほぼ毎朝同じ時刻にそこを通っていたはずだったのに、それまでまったく気が付かなかったのは、そこがわたしの自宅もより駅と次の駅のちょうど中間あたりだったせいだろう。

わたしは電車に乗るとまず、座席を探す。

通勤ラッシュが嫌で嫌で、始業の二時間も前に会社に着く時刻に家を出ていた。朝食もとらず顔を洗っただけ、花粉症をよそおってマスクで素顔を隠し、髪はろくにとかしもせずに帽子の中に丸め込んで。

午前六時台の始発駅、席に座れないことはまずなかった。座るとイヤフォンを耳の穴に押し込み、好きな音楽を流して目を閉じる。そのまま、四十分ほどうとうとと眠る。目を覚ますともう都心に入っていて、会社近くの駅まであと一、二駅になっている。イヤフォンを耳に押し込んで目を閉じるまで、車内に入ってから一分ほどで済む。その一分間が過ぎると、もう車窓の光景はわたしの目に入って来なかった。

そのビルは、わたしが目を閉じてしまってから見えて来るあたりにあったのだ。

だがその朝、わたしは目を閉じずにいた。たまたま季節の変わり目だからと通勤用のバッグを新しいものにした時に、音楽用のデジタルプレーヤーを入れるのを忘れていた。いつものようにイヤフォンを耳に押し込もうと探してそれに気づいた。

音楽を聴きながらだと短時間の眠りにすっと入れるのに、耳から入って来るのが車内の雑多な音に変わるだけで眠れなくなる。と言っても、早朝の通勤車両の中にさほど珍しい音は流れていない。電車のガタンゴトンという衝撃音、時折誰かが軽く咳き込む音、近くに座っている若者のヘッドフォンから漏れる、カシャカシャした耳障りな音。さらに気をつけて耳をすませると、本のページをめくる音や、財布だかバッグだかの口金を開け閉めするぱちんという音も聞こえた。それらの、なんということもなく意味もない雑音が、なぜかわたしにはひどく気になる音なのである。

それらの雑音をうっかり気に留めてしまうと、小さな苛立ちがどんどん心の底に積もっていく。それがあまりにも苦痛なので、毎朝外界からの雑音をシャットアウトする為に、イヤフォンを耳にねじ込んでいるのだ。

わたしは小さく溜め息をつき、少しでも雑音を頭から閉め出そうと、意識を窓の外に集中させた。

いつも、目にはしているのに見ていない町。

自宅からおそらく徒歩で行かれる程度の距離だろうそのあたりの町に、わたしは足を踏み入れたことがない。

引っ越して来たのは三年前だった。前に暮らしていた町はとても気に入っていて、引っ越しなどしたくはなかった。だがせざるを得なくなった時、いっそ遠くに行こう、と思った。

もちろん、遠くとは言っても会社を辞めてしまうことは出来なかったので、通勤が可能な範囲で遠く、という意味だ。それまで暮らしていたのは東京の下町、昔ながらの商店街が駅から続いているようなところだった。憧れていた、江戸の香りがかすかに漂う町。

実家は田舎にある。そう、あそこは田舎だ。どう言い繕ってみても。だが両親はそうは思っていなかった。どうしてわざわざ東京の大学なんかに入るの、と、母親は不満げに言った。ここだって大学はあるんだし、なんでも揃っている町なのに。田舎じゃないのに。

地方都市。県庁所在地で確かに十数階建てのビルは立ち並んでいるし、コンビニもシネコンもあった。東京で人気の店は、大きなチェーンならたいがいあったかもしれない。買い物も友達との食事も、さほど不自由はしていなかった。だが、そういうことではないのだ。都会と田舎を分けるものは、物質の多い少ないだけではない。

わたしは、田舎が嫌いだった。

あの頃の自分は何も知らなかった。都会というところがどういう場所なのか、何も。だが田舎のことは知っていた。そして嫌悪していた。

どこで何をしても、なぜなのか誰かに見られていて、そして必ず親に告げ口をされる狭苦しさ。生まれて初めて、お年玉を貯めたお金を握りしめて好きなアーティストのCDを買いに行った時もそうだった。親に言うつもりなんかなかったのに、駅前のCDショップから家までバスで帰り着くよりも早く、誰かの知らせが親のもとには届いていた。玄関を開けて靴を脱いでいる背中に、どんなCD買ったの、見せてご覧なさい、と母の声がして、わたしは心の底からうんざりしたのだ。

母の日にこっそりとプレゼントを買った時も、おせっかいな近所のおばさんが、県内に一つしかないデパートの下着売り場でわたしを見かけて、買った腹巻きを赤いリボンをかけて包装して貰ったことまで、先に母に教えていた。母は驚いたふりをしてくれたけれど、その目を見れば、何もかも知っていたことは明らかだった。

私立中学の受験に失敗したことは、合格発表の二時間あとには、地域の人なら誰でも知っている事実になっていた。県立高校に合格したことは、一緒に同じ高校の合格発表を見に行った同級生もいたのですぐに知れ渡っても驚きはしなかったが、高校に入ったらバドミントン部に入る予定だ、ということまで、翌日に父が職場の人から言われたよと笑った時には、背中にひんやりしたものが流れた気持ちがした。

確かに、あの町は本当の田舎とは違っていたのかもしれない。買い物に行くところはとりあえずあったし、欲しいものもひとまず手に入った……細かく注文をつけたりメーカーやブランドにこだわりさえしなければ。けれど、いつも少しだけ遅れていた。手に入るものはたいてい、前年に流行ったバージョンだった。予約しなければ本も発売日には手に入らない。雑誌ですら、一日二日遅れるのが当たり前だった。

狭い。

遅い。

息苦しい。

選択肢がとにかく少ないのだ。何を選ぶにしても、決まりきったものしか目の前には並ばない。

高校二年の時に、進学したいと両親に言うと、電車で三十分のところにある国立大学以外はだめ、と即答された。

でもそれじゃ、地元で就職するしかないじゃない。

どうして地元じゃだめなんだ？

公務員になりなさい、公務員ならお母さん大賛成。

教職でもいいだろう。それなら地元で就職できるぞ。

探せばあるわよ、ここにだって、働くところ。

両親のことは嫌いではなかった。けれど、もう限界だと思った。

わたしはもっと、もっともっとたくさんの中から選びたいのだ。自分の人生を、二つ三つしかない可能性の中に埋没させたくない！反対を押しきり、無理やり東京の大学を受験した。入学金と前払いの授業料は、親(しん)

戚の中でいちばん理解があった叔父のところまで借りに行った。そのことが父にばれて、怒鳴り合いの大喧嘩になった。が、最後は父が折れた。叔父から半分借金をし、残りを父が用意してくれて、あとの学費は奨学金の申請を出した。

あの春が、もしかするとわたしの人生でいちばん輝いていた春だったのかもしれない。

母が用意してくれた薄いピンク色のスーツで出た入学式。まるでとってつけたように、散りかけの桜の花びらがキャンパスの中を飛び回っていた。

やっと田舎から抜け出せた。わたしは本物の都会でこれから暮らしていく。

学生時代はそのまま、桜の花びら程度の能天気さで過ぎていった。卒業してもぜったいに田舎に戻りたくない。それだけを考えていれば良かった。その為に出来ることはすべてやってのけた。就職戦線に乗り遅れないよう、卒業に必要な単位はさっさとそろえ、就職に有利になりそうな資格は片端からとった。バイトにも精を出し、わずかながら貯金までしていた。高望みはせず、地方出身で一人暮らしでも採用してくれる会社を片端から受けた。内定通知が届いた時やっと、これでもうあの田舎町に帰らなくていいんだ、と、心の底から安堵した。

そう、わたしは、田舎に帰らなくてもよくなった。そして今はもう、田舎に帰ることもできなくなった。

父がくも膜下出血で急死。兄が結婚して兄嫁が実家に入り、姪と甥合わせて三人が生まれ、わたしの部屋だったところは子供部屋になった。

母は兄嫁と折り合いがつかず、父が残した預金をはたいて有料老人ホームに入ってしまった。それでも正月には母もホームから戻る。さすがに、父と母の寝室だった部屋はそのまま母の為に残されている。けれどわたしの居場所はない。母が電話で涙声で懇願するので、大晦日だけは実家に戻って母と布団を並べて眠るけれど、元旦に雑煮を食べたらそそくさと実家を出て来てしまう。もちろん、甥と姪にお年玉をむしりとられたあとで。

兄のことも兄嫁のことも、嫌いではない。けれど、正直なところ、好きでもない。母を追い出しておいて平然としている様は、やはり憎らしい。今年の正月には、おばちゃんがお年玉をあげるのはあなたたちが小学生の間だけね、と宣言した。それは同時に、正月に帰省するのもあと数年でおしまいにする、という宣言でもある。考えてみれば、わざわざ実家に戻る必要などないのだ。母のいるホームを訪ねればいつでも母に会えるのだから。

顔を見るたびに老いておとろえていく母。月に一度はホームを訪ねてあげようと思いつつ、また今月もその約束を果たせそうにない。

経費節減、人件費圧縮。

わたしの仕事は本来、三人でこなす仕事なのだ。だが今、人員はわたしとあとはパートタイム勤務の女性一人。実質、一・五人で片付けなければならない。それなのに、残業は禁止。光熱費がもったいない、残業代がもったいない。

有給休暇などとっている余裕はまったくない。休日出勤は月に二回しか認めて貰えないけれど、仕事が終わらないので土曜日は毎週、こっそり会社に出てなんとか片付けている。日曜日は疲れてくたくたで、昼近くまで目が覚めない。起きてインスタントラーメンやパンで簡単に昼食をとると、午後は一週間たまった洗濯物や掃除で終わる。近所を散歩する気にもなれやしない。

ああ。

わたしはひとりで笑い出しそうになった。

雑音を耳から締め出したくて窓の外を見ていたら、とりとめもなく考えてしまった……自分のこれまでの人生。ここまでの軌跡。

そして、考えてもしょうがない、と思う。そう思って我にかえると、もう隣駅を電車は発車していた。

結局、目を開けていてもわたしは、わたしが今暮らしている町を知らないままなのだ。

その時わたしは、突然決心した。

今日、会社の帰りに一駅歩いてみよう。

暮らしている町を探検しよう。

そう思ったその時に、視界の隅にそのビルがあった。すでに遠くなっていたが、特徴のある空色の壁が朝日を浴びてきらきらと輝いて見えた。

その日の夕刻、わたしは自宅もより駅のひとつ手前で電車を降りた。

方向はわかっている。あの空色のビルに向かう方向は。けれど道は知らない。線路に沿って歩ければ簡単だが、線路ぎわに歩ける道があるのは駅の周辺だけらしい。道が交差するたびに悩みつつ、わたしはなんとか空色のビルが正面に見える町中までたどり着いた。とは言え、時間にして十分足らず。まだ一キロも歩いていない。

その町は、引っ越す前に住んでいた町に少しだけ似ていた。

就職が決まって最初に住んだのは会社の社員寮だ。今時、都内に本社を持つ会社が社員寮を維持していることは珍しいらしい。社宅はあっても寮はなく、家賃補助の形でいくらか支給されることのほうが多いだろう。

だが、昔ながらの社員寮はそれなりに居心地が悪くなかった。女子寮は規模が小さかったが、建物は、寮という言葉で想起されるイメージよりはだいぶ上等だったと思う。もともと小さな賃貸のワンルームマンションとして建てられたものを買い取り、店舗向けの設計だった一階部分に厨房（ちゅうぼう）や食堂、共用のくつろぎスペース、小さな会議室などを作ったらしい。会社までは地下鉄で二十分足らず、家賃はわずかに月一万八千円。食事は夕食のみの提供で、一食四百円の予約制。日曜日だけは提供がないが、土曜日も食べられたので、夕食と家賃で月に三万円以内に収めることも可能だった。都内でその生活費は破格である。わたしは、門限が十二時、という少々窮屈な寮生活を、けっこう楽しんでいた。とにかく寮にいれば貯金が出来る。この先もずっと都会で一人で暮らしていくとしたら、頼れるものはお金だけだ。

結婚、という選択肢はほとんど想定したことがなかった。なぜなのか、結婚はすなわちわたしにとって、都会からの撤退を意味するような気がしていた。結婚生活と聞いてイメージできるのは、郊外の住宅地の一戸建てで庭の植木鉢に水をやっている自分の姿だった。たとえ都内に勤務する人と結婚することが出来たとしても、いずれ住宅ローンを組んで家を持つとなれば、東京のど真ん中に物件を購入することなど無理だろう。都心まで電車で一時間程度の、駅前に大きなスーパーとショッピングモールにシネコンがあり、チェーンのジャンクフードが立ち並ぶ、私鉄の急行停車駅。その駅からバスで十五分かそこら行ったところにある、ただひたすらに一戸建てが並んでいる面白みのない住宅地。その一角に、四十平米程度の敷地面積、二階建て。カーポートはプラスチック屋根だ。そんなところがおそらく精一杯。

それはもう、実家とほとんど同じ種類の「田舎」なのだ。

同じ種類の狭さ。同じ種類の遅さ。

そして自分もまたそこで暮らして、両親や実家近所の人たちと同じ種類の「住民」になる。

嫌だ、と思った。そういう結末で自分の人生を、袋小路の中に閉じ込めるのは嫌だ。

結婚なんかしなくてもいい。しなくても、生きていく術はあるはず。

寮を出たいとは思っていなかった。独身のうちはずっといられると考えていた。が、出ることになってしまったのは、結婚を選択肢にしていなかったわたしが、迂闊にも恋愛をしてしまったからだった。

それまでも恋愛経験がなかったわけではない。高校の頃にも交際していた上級生がいたし、大学生活の四年間には二、三人の男性とつきあった。性体験も十九歳で初体験して以来、それなりに重ねている。決してモテる女ではなかったので、機会としてはさほど多くはなかったが。

けれど就職してからは、心が動くような男性とは出逢っていなかった。カレシがいない、という状態は、慣れてしまうとさほど辛くもないし、周囲が想像するほど寂しくもない。むしろ気楽だ。どのみち仕事は忙しく、金は遣いたくない。このまま一生男と縁がないというのでは困るけれど、しばらくは恋愛にわずらわされることなく、日々を平穏に過ごそう。そんなふうに思っていた矢先、就職して三年目に、あの男と出逢ってしまった。

空色のビルの前で、わたしは立ち止まった。

その朝、電車の窓から見た時はあんなに輝いて美しかったのに。あれは朝の光の魔法に過ぎなかったらしい。

目の前にあるそのビルは、外壁の空色がかなり薄汚れて、夏の夕暮れの赤い光の中では黒ずんで妙な凄みのある色合いになっている。壁に走る亀裂は修復されているが、その修復痕はまるで傷痕だ。

雑居ビルのようだが、店は入っていない。見上げると、それぞれの部屋の窓に店子の正体が書かれている。

司法書士事務所、会計事務所、歯科医、輸入商社。意外と堅い商売ばかりだ。大家の方針なのかもしれない。

外階段が見えている。建物は、十階はないようだ。

あの男はコンサート会場にいた。音楽事務所の腕章をつけて、背広のまま汗だくで、詰め寄る人々に対処していた。外国の人気ロックバンドのコンサート。開始直前にメンバーが急病で倒れたとかで、客は会場内で一時間以上待たされたあげく、コンサートは中止になった。当然、怒った客たちが関係者を見つけては取り囲む。メンバーの病気だから中止は仕方ないとしても、一時間も待たせた理由は何なのか。払い戻しが翌日以降というのはどういうことか。代替日は設けていないのか。

わたしは諦めと共に会場を出るところだった。発売日にインターネットでチケットを買いたかったが、十時から発売では会社員には無理だ。昼休みにやっとスマートフォンからアクセスした時はすでに完売。仕方なくオークションで探し、定価より高い金額でやっと手に入れたチケット。大損だけれど、仕方がない。好きなバンドのメンバーが早く回復することを祈って退散するしかなかった。

感情的になった客が、関係者に向かって怒鳴り声をあげていた。

見るとはなしに見ていた時に、目が合った。

運命だった、などと大袈裟（おおげさ）には思っていない。ただの偶然、成り行きだったのだ。ただ、顔中に汗を噴き出させて、怒った客に怒鳴られている男を見ていて、ちょっと気の毒だな、と思った、それだけだ。だから微笑んだ。励ました、つもりだったのかも。男も目もとをゆるませた。

たいへんですね。

仕方ないです、仕事ですから。

無言で交わされた会話。

時折後悔することがある。あの時に微笑んだりしなかったら。自分には関係のないことだからと、無視していたら。

まるでひと昔前に流行ったトレンディドラマのように、偶然の再会があった。とは言え、再会する確率は高かったわけだし、微（かす）かな期待がなかったかと言われたら、あったかも、と思う。別のバンドのコンサートで、会場整理にあたっていた男とまた目が合ってしまった時、今度は思わず、意識した笑みを顔に浮かべてしまったのは事実だ。

男はさっと名刺を取り出してわたしの手に握らせた。混んだ会場の中だったし、コンサートが始まるまで時間がなかったので、わたしはただ頷(うなず)いただけでその名刺をバッグに入れた。

そしてその夜、名刺に印刷されていたアドレスにメールをした。会社のアドレスだったので、万が一誰かに読まれても差し障りのない内容、ただの挨拶(あいさつ)だ。返事はすぐに来た。今度は私用のパソコンアドレスから。

メールでのやり取りを数度、携帯のメールアドレスを交換し、それから食事に。あとはそのまま、ごく普通に恋愛が始まった。

外階段をゆっくりとのぼった。なぜのぼっているのか自分でもよくわかっていない。けれど、少しずつ高度を上げていく自分の視線と、そこに見えて来た視界が楽しかった。

五階を過ぎたところで隣のビルの上に景色が開けた。七階までのぼるとかなり遠くまで見渡せた。ビルは七階建て、屋上に通じるドアに鍵はかかっていなかった。

屋上に立つと、風がわたしの髪をなびかせ、スカートの裾を吹き上げた。

気持ちがいい。

何の変哲もない平らな屋上。給水タンクが付いているが、居住用のマンションほど大きくはない。タンクの上部にのぼる梯子はとても頼りない感じがして、のぼってみる気にはなれなかった。

端まで歩き、申し訳程度の転落防止用柵に手をかけて、眼下の景色を見る。

たった七階、都会のビルとしてはまったく高いほうではないのに、思いのほか景色は遠くまで広がっている。そこに向かう途中は気づかなかったけれど、駅からの道はゆるやかに上り坂になっていたようで、建物自体、丘のてっぺんに立っていた。その昔、このあたりが緑の木々や田畑に覆われていた時代には、ここが丘だということは遠くから見てもわかっただろう。けれど今は、乱立するビルで土地の高低がほとんどわからない。

遠くに水の煌めきが見える。そう、あの川の向こうが「東京都」だ。

引っ越しすることになった時、貯金はもう底をつきかけていた。礼敷金ができるだけ安く、保証金なしで入れるアパートを探して、結局都内を諦めた。川を渡って埼玉県に移動しただけで、家賃も他のすべてもぐっと安くなる。

そんなことにこだわるなんて、田舎者の証拠。

それはわかっている。東京で生まれ育ったり、長く都会で暮らしている人たちはみな、埼玉だ神奈川だ、ということにさほどこだわらない。埼玉でも神奈川でも千葉でも、通勤時間は都内の不便なところを起点にするより短いのだ。距離は遠くても、乗換えが少ない始発駅のほうが人気なのだ。

今や、首都圏は境目なく繋(つな)がったひとつの大きな「まち」である。地下鉄を間に挟んで私鉄各社が相互乗り入れを始めているので、どこから電車に乗っても首都圏中に行くことが出来る。

それでも、わたしはこだわっていた。せっかく田舎を出て東京で暮らすようになったのだから、東京都を出たくなかった。いよいよ引っ越す朝になってもまだ、都内での暮らしに未練があった。あの川を渡って今暮らしている町にやって来た時、初めて悔し涙が頬を伝った。

それも今となっては、ちょっとイタい笑い話だ。

結局、わたしは新しい暮らしに慣れてしまった。失ったものはもう戻らないのだから、いつまでもこだわっていても仕方ない。

西の方角に日が沈みかけている。天頂はもう藍色だ。

きらめく川面の向こうに高層ビルが見えていた。

わたしは柵から身を乗り出して、地上を見た。自分が暮らしている町は隣駅の付近だ。高架になっている線路伝いにその駅があった。駅前の雑居ビルに、馴染みのある看板。

その看板を見た時、不愉快なことを思い出した。とても些細なことなので今まで忘れていたけれど、引っ越して来たばかりで体験したその不愉快な出来事が、今でも自分の住む町をそれほど好きになれない原因の一つになっているのは間違いない。そう考えると、腹立たしさが湧き起こって来た。

けばけばしいピンク色の看板には、化粧品販売店の名前が横文字で入っている。駅前の雑居ビルのワンフロアを占めている販売店だ。高価な対面販売商品ではなく、買い物カゴに商品を入れてレジで精算する方式の気楽な販売店で、チェーン展開しているので見かけるとよく利用している。都内の他の店では一度も不愉快な思いをしたことはなかったし、常用しているコスメブランドの製品が揃っているので、当たり前のように引っ越して最初の買い物に出た時に足を踏み入れた。なのに、愛用のブランドの棚がなかった。それで店員に訊ねただけなのだ。思い返してみても、特に横柄な訊き方をした記憶はない。ごく普通にコスメブランドの名前を言って、それはどこにあるんですかと訊ねただけ。

それだけだったのに、店員がいきなり舌打ちをしたのだ。あまりのことに驚いたわたしは、そのまま店員の顔を見つめてしまった。すると店員は自分の顔をじろじろ見られたのが腹立たしかったのか、こう言った。

置いてませんよ、あんなブランド。うちは二十代のお客さんが中心ですからね。

そして、へらっと薄笑いを顔に浮かべた。

愛用のコスメブランドは特に年齢を意識した商品に特化してはいない。アンチエイジング商品もあることはあるが、中心になっているのは自然派のシンプルな基礎化粧品だった。同じチェーン店でも他の店舗にはちゃんと置いてあり、会社から近い都内の店では今でも売られている。そのチェーンのインターネットサイトにアクセスし、質問コーナーにも問い合わせてみたが、全部の店舗ではないけれど多くの店舗で扱っている、と丁寧に返答があった。ブランドのサイトを見ても、二十代の利用者からの意見や感想がたくさん載っている。

いや。

そうやって調べること自体、意味はないのかもしれない。あの店員はただ、虫の居所が悪かっただけなのだ。そして自分の憂さを客にぶつけて晴らしただけ。だがそれは、販売員としてぜったいにしてはいけないことだったはず。

あれからあの店には行っていないが、何度も店に電話をして抗議しようと思い、そのつど結局抗議は諦めている。おそらくああいう店員は、誰かに注意されても反省などぜったいしないだろう。ただ逆恨みをするだけだ。そして文句を言った客をあざ笑い、馬鹿にしてまた憂さを晴らす。どうしようもない。

それでも腹立たしさは消えない。そしてあのピンク色の看板を見るたびに、わたしの気持ちは沈んでしまう。どうして、何も悪いことをしていないのにこんなに不愉快な思いをしなくてはならないのか。理不尽だと思う。

あの店、なくなってしまえばいいのに。

移転してくれないかな、どこかに。毎日駅に行くたびにあの看板を見るのは、もううんざり。

消えろ、消えろ。

どこかに行っちゃえ。

わたしは呪文のように、声に出して唱えた。すると少し気持ちが晴れ、気分が良くなった。

ああ、ここはなかなかいい場所だ、と思った。

ここを、わたしのお気に入りの場所にしよう。

日が沈み、夜が来た。

一番星が輝き出し、月が明るさを増した。

わたしは時が経つのも忘れて、世界が夜の色に染まっていくのを眺めていた。

まるで、世界を夜に染めてしまったのが自分であるかのように、心躍らせながら。

その秘密の場所、わたしだけの場所で。


翌日、わたしはいつものように通勤の為に駅まで行き、そのことに気づいたのだ。

あのピンク色の看板が、消えていた。

わたしは小さく笑った。あらあら。昨日、あんなこと言ったらほんとになっちゃった。

それでもさほど不思議には思わなかった。東京都ではなくても、ここはまだ首都圏の中、東京に通勤する人たちが住む町。流行の動きは速く、駅前は店舗の家賃だって高い。チェーン店は不採算店を素早く撤退させるのも生き残る戦略だ。要するにあの店は、売れなかったのだ。あんな性格の悪い店員がいたらそれも当然だけれど。

二日後には、ピンク色の看板の代わりに水色の看板が出て、百円ショップが新規オープンした。そういうものよ、と思った。

そういうものよ。都会って。

2

「気にすることないよ」

子犬のような黒目がちの大きな瞳で、加奈がわたしを見る。いつものように上目遣いで。

「由佳里ちゃんは悪くないから。あんなの、鈴本が自分でやればいいことじゃん。鈴本のやつ、ほんと腹立つよね。営業がどんだけ偉いかしらないけど、あたしらがサポートしてやんなかったらあいつなんか、注文書ひとつまともにアウトプットできないんだから」

加奈は舌を出した。

「ほっんと、あいつらあたしらのことバカにし過ぎ。今時こーんな職種差別のある会社なんて、他にある？」

「あるんじゃない？」

　わたしは言って、肩をすくめた。

「きっと、いっぱいあると思うよ。世の中なんてみんな、何かを誰かを差別することで自分の立ち位置確認してるんだもの、そういうシステムなんだもんね」

「だけど、そんなのゆるせる？」

「わたしたちがゆるそうがゆるすまいが、何も変わらないから。差別ってのはさ、される方には万に一つも勝ち目なんかないんだよ。どんなに禁止しようが抗議しようが、差別する意識自体が消えなければどうにもなんない」

「お腹の中では、ってことでしょ？　いいわよ、お腹の中で何を思われてたって。でも態度に出したらあたしはゆるさない。戦うから、徹底的に。そうよ、さっきのあれ、よくよく考えたら鈴本がちゃんと最初に指示しないから混乱したんじゃん。悪いのはあいつだよ。なのに由佳里ちゃんのこと、あんな露骨に能無し呼ばわりとか、あり得ない！」

「わたしは無能だもの」

　わたしは、別段皮肉でもなくいじけてもいず、ただ素直にそう答えた。

そう、わたしは無能だ。なんにもできない。

世の中に対し何一つ、意味のあることが出来なかった。

鈴本は嫌な奴だ。わたしの顔を見ると馬鹿にした目つきをする。たぶん、わたしのすべてが気に入らないのだと思う。特に理由もないし、わたしが鈴本に何かしたという記憶も自覚もないけれど、鈴本にとってわたしは、虫が好かない人間なのだ。それはもう、仕方のないこと。

それでも、いつもいつも理不尽なことで文句を言われ、人前で罵倒されるのは愉快ではない。だからわたしはいつも、鈴本の顔を見るたびに思う。

死ねばいいのに。

呪詛だ。わたしは鈴本を毎日毎日、呪っている。

そう思うと腹立ちは消え、どこか鈴本に哀れみさえ感じられるようになるから不思議だ。この男は今、わたしに呪われている。なのに、そんなことはまったく思ってもみないのだ。いくら罵倒しても虐めても歯向かって来ない、愚鈍な女。鈴本の目に、わたしはきっとそんなふうにしか映っていない。

誰かを差別し虐め罵倒する側の人間は、相手がその同じ瞬間に自分を呪っていると、どうして想像しないのだろう。その能天気さに、わたしはいつも笑い出したくなってしまうのだ。

死ね。

死ね。

死ね。

死ね。

鈴本が自分の落ち度を棚に上げてわたしのことを罵り、無能だとあざ笑うその瞬間に、わたしが鈴本に浴びせかけている呪詛。

けれど、わたしは決してそれを言葉にしない。音として口から出さない。言葉にして、音にして外に出した瞬間に、それは自分へと跳ね返って来るものなのだから。

脳ってね。

あの男が教えてくれた。

脳ってね、その人が口にした悪口が誰に向けられたものなのかは理解出来ないんだってさ。

どういう意味？

仮に君がさ、その場にいない誰かの悪口を僕に対して言うとするじゃない。僕にはそれが、少なくとも僕に対しての悪口じゃないことは理解できる。面と向かって相手に悪口を言う人はいない、いたとしても君にはそんなことは出来ない、ってわかっているから。でも君が発した言葉を君の耳が聞いた音は君の脳へと伝わるでしょ、その時、君の脳はそれが悪口だってまず認識するんだ。でも、その悪口が自分に向けられたものではない、ってことは、理解できない。言ってる意味、わかる？

よくわからないわ。だってわたしは、自分で理解しているから誰かの悪口が言えるのよね？

そう、口にする時はね。悪口を言う時は、それが自分に向けられたものじゃないことは理解してる、当然。でも耳から音として入った悪口が脳に伝わった時、脳はその言葉の意味を理解しようとして、それが悪口って認識はする。そして落ち込む。

……落ち込む？

傷つくんだよ。悪口の意味を理解して傷ついてしまうんだ。

……そうか。悪口って、誰に向けられたものであろうと、その意味を理解すればネガティヴなものだものね。

そういうこと。言葉の意味を理解する段階では、その意味が及ぶ範囲から自分を除外する手だてがない。

じゃ、誰かの悪口を言うと、自分が傷ついてしまうのね……

うん。だからネガティヴなことばかり口にしていると、どんどん自分が鬱になっていくんだって。

なんだか……科学的なのかそうでないのか、わからないわ。

俺も科学のことはわかんないけどさ、でもまあ、悪口を言わないほうが楽しく暮らせるんだな、ってことはなんとなく納得できない？ できるような、できないような。

あの男とつきあった二年の歳月の間で、唯一、わたしにとって意義のある会話だったのかもしれない。

あの日から、わたしは誰の悪口も言わなくなった。

口にはしない。決して。

ただ、心の中で、思うだけだ。

死ねばいいのに。

「あーあ。あんな嫌な奴なのに、今夜は美味しいもの食べるんだよなあ。むかつく」

「美味しいもの？」

「接待よ、接待。鈴本の班にいる佐伯くんがさっき言ってた。今日は天花で接待会食だって。天花の天ぷらってものすごく美味しくてものすごく高いのよ。いいなあ、営業って接待でいろいろ食べられてさ。軽めのコースで食べても一人一万五千円はかかるんだから、あそこ。それを経費で食べられるんだもんねー。あたし、一般職入社したのを後悔することってほとんどないけどさ、そういう話聞くとちょっとだけ考えちゃうよね。競争が激しくても総合職で試験受けたら良かったかな、なんて」

＊

あれが、新都心タワービル。

わたしは、無数に瞬いている街の灯の中から、空へと飛び出している丸い筒のような建物を見つけ出した。高層ビルの窓はまだほとんど白く光っていて、何千人もの人たちがそこで働いているのだ、と思うとなんとなく奇妙な気持ちになる。
天花、は、新都心タワービルの最上階レストラン階にある。一度だけ、あの男と行ったことがあった。川を越えて東京の夜景が眼下に広がる素晴らしい景色を眺めながら揚げたての天ぷらを食べた。味はあまり憶えていない。ただ、幸せの絶頂にいるかのような、目眩に似た心地良さだけが記憶にある。

あのビルのあの店で、鈴本は今、接待会食の真っ最中だ。

わたしは深呼吸をひとつした。夜の匂いが胸に満ちる。

この、わたしの秘密の場所から眺めると、新都心タワービルなんてまるでオモチャのようだ。

鈴本の顔がちらっと脳裏に浮かんだ。あんなやつ、死ねばいい。

わたしは新都心タワービルに向かって、小さな声で呟いた。

店ごと、消えてしまえ。

一瞬、何かが明滅したように感じた。目の錯覚だったのかもしれない。新都心タワービルまでは七、八キロあるだろう。ここからでは遠過ぎて、窓の一つ一つを確認することなど出来なかった。

目をこらしても瞬いたものが何だったのか、どの窓だったのかわからない。光る窓は遠くに東京の空をも埋め尽くし、無数の人々がまだ働き蟻のようにあの光の中で働いているのだ。

いずれにしても、と、わたしは思った。

ここから眺めるとすべてはとてもちっぽけな、ただ光る点にしか過ぎないものの寄せ集めだ。あんなもの、消えろ、と命じたらきっと消えてしまう。

そう思うと、しても気分が良くなって、わたしは鼻歌をうたいながらビルを降りた。

翌日、出社すると加奈が小走りに近づいて来た。

「火事だって！　て言うか、爆発？」

「なんのこと？」

「天花よ、天花！　昨夜、天花で火事があったんだって。火はあんまり出なかったけど、なんか爆発したらしいよ」

「……爆弾テロ？」

「じゃないみたい。単純な厨房事故っぽい。だけどいい気味だよねー。鈴本が接待してる最中だったんだよ。なんかさ、それで鈴本、商談パーになってショック受けちゃったのか、無断欠勤みたいよ」

わたしは腕時計を見た。

「まだ九時五分よ。ただ遅刻してるだけじゃないの？」

「鈴本の班、今朝八時から早朝会議あったのよ。なのに出て来なかったって話。ああいうさ、ネチネチと女子社員いびって喜んでるようなやつって、肝がすわってないから打たれ弱いんだよ。昨日のショックで出社出来なくなって、うちで泣いてんじゃないの」

加奈は高らかに笑った。

「もう天罰だよね、天罰。天罰としか言いようがないよ。あー気持ちいい。あんな最低男、このまま辞めちゃえばいいんだよ」

どうでもいい、と思った。鈴本なんかどうでもいい。どうなろうと興味はない。

それでもやっぱり、少し嬉しかった。鈴本の意味のわからない敵意は、とても鬱陶しい。

それきり、鈴本のことなど忘れて一日が過ぎた。ルーチンワークは退屈で根気がいるが、ミスをすればたくさんの部署に迷惑がかかるので緊張を保たなければ。退社時刻になると、肩から背中にかけてが板のように張る。

「あーもうだめ」

　ロッカー室で加奈が呻いた。

「肩イターい。背中ぱんっぱん！　帰りに整体寄ってこー」

「整体って効く？」

「あたしにはいいよ。人によりけりみたいだけど。由佳里ちゃん、行ったことないの？　良かったら一緒に行く？」

　他にすることもない。どうせ今夜も、簡単に食べられるものをスーパーで買った袋をぶら下げて、あのビルの屋上に立つことしか考えていなかった。なので、加奈につきあってみることにする。

　小さな町の接骨院を想像していたのに、その整体・整骨院は全国チェーンらしく、ビルのワンフロアを占めていた。明るく近代的な受付、豪華なソファの並ぶ待合室、広々とした施術室には何台ものベッド。理学療法やリハビリもできる設備が整っている。

　わたしのからだを折り畳んだり伸ばしたりひねったりしながら、若い男性の整体師は陽気に話しかけて来た。

「運動、あまりしてないでしょう」

「ええ」

「いろんなところが強ばってますよね。使われていない筋肉が衰えて、逆に部分的には緊張でこちこちになってます」

力強い指先で圧迫されたり揉まれたりしているうちに、からだがふっと軽くなる気がした。

「……肩が軽くなりました」

「血行が少し良くなったんです。血行が悪いとその部分は死んでるみたいになっちゃうから」

死んでるみたい。

生きているのに、死んでるみたい、か。

「食事は美味しく食べられてます?」

「……普通に食べてはいると思います」

「なんとなく食事が美味しく感じられなくなったら、気をつけたほうがいいです。内臓が弱っていることもあるし、精神的にダメージを受けている場合もある。ちょっとね、いろんなところが部分的に強く緊張してる感じなんですよね。お仕事は、集中力をすごく必要とする類いのものかな？」

「集中力をすごく必要とする、ってどんな仕事かしら。イメージが」

「たとえばそうですね、脳外科医、とか」

整体師は少し笑った。

「F1のドライバー。パイロット」

「どれでもありません」

わたしもつい笑った。

「普通の営業事務です」

「じゃ、人間関係かな？」

「それも、自分ではそんなに集中力が必要なほど意識してませんけど」

「頑張り屋さんのからだですよ、とても」

整体師は言って、リンパのマッサージをするように、衣服の上からわたしの肩をさすった。その動きに、なぜかとても心地よさを感じた。

「気持ち良かったでしょ」

整体・整骨院を出る時、加奈は頬を上気させていた。

「由佳里ちゃんについたひと、イケメンだったねー。でもあたしは自分の担当の佐藤さんがいいんだ。おじいちゃんだけどすごく上手だから」

そう言えば、わたしに施術してくれた人の名前は何だったんだろう。名札はつけていたけれど、しっかり読まなかった。

わたしは診察券を取り出した。プラスチックカードがビニールのカード入れに入っていて、予約表もカード入れに挟んであった。予約表には、その日に担当した人の名前が書き込んである。

村崎。

そう書いてあった。

3

鈴本はそれ以来、会社に出て来なかった。無断欠勤のまま解雇。住んでいたマンションに帰った様子もないらしい。

失踪。

北海道の実家から駆けつけた鈴本の父親が、会社中を謝り倒しながら私物を引き取って帰った。

「なんかおかしかったよね、あいつ」

加奈はさすがにもう、辛辣な悪口は言わなくなった。

「由佳里ちゃんのこと目の敵にする様子が普通じゃなかった。やっぱり心を病んでたんだね、きっと」

この国では毎年、八万人以上の成人が行方不明になる。鈴本と同世代だけでも一万人以上。鈴本はそのうちの一人に過ぎない。

村崎大吾とは、休日の前夜に食事に行く程度の仲になった。村崎と食事している時は、食べているものを美味しいと感じることもあった。

村崎はあの男とは違っていた。顔も声も、立ち居振る舞いも。それだけで安心出来た。もうあんな思いはごめんだ。

「今日は少し、顔色がいいね」

村崎が箸を手にしたままで言った。

「最初に会った時は、ちょっと心配だった」

「どうして？」

「なんて言うかさ……顔色がただ悪いんじゃなくて……表情に乏しかったというか」

「表情……あたし、もともとあんまり陽気なほうじゃなくて」

「いつも笑顔を振りまいてばっかりなんて、それはそれで心配だよ。そういう人はたいがい、お腹の中にすごいストレス溜めているから」

「でもわたしみたいに笑わない女も、心配でしょ」

「そうだね」

村崎は焼き魚にレモンを絞った。

「毎日いろんな人の筋肉を触っているとね、中には、この人は病院に行ったほうがいい、と思う人もいる。筋肉や関節のことはわかっているつもりだけど、内臓や……心が病んでいる場合は、我々じゃどうしようもないから。筋肉の緊張がとけて血の巡りが良くなって、気持ちいいはずなのに、あなたの表情は強ばったままだった」

「でも、最近は少し違うでしょう」

「そうだね。笑顔が出るね」

「あなたのおかげです」

わたしは、言った。

「それとね……秘密の場所の、おかげ」

「秘密の場所？」

「ええ。……そこから眺める景色が好きなの」

「へえ。綺麗なところ？　遠いの？」

「遠くはないわ。それに、綺麗なところでもない」

「行ってみたいな。あなたが好きな景色を見てみたい」

「それは構わないけれど、きっと失望するわ。わたしが気に入っているというだけで、ごくごく平凡な、普通の場所だから」

「わかった。じゃ、まったく期待しないでいるなら、連れてってくれる？　まったく、少しも期待しない。だからどんな平凡な景色でも、がっかりしないと約束する」

わたしは今度こそ笑った。村崎は不思議な男だ。

「ええ、それならいいわ」

「いつにする？」

「いつでも。今からでもいいわよ」

居酒屋での食事を早めに切り上げて、わたしは村崎と電車に乗った。川を越え、わたしの住む町へと近づく。ひとつ手前の駅で降りる。

何も説明せずに空色のビルの非常階段をのぼった。屋上に着くと、ここです、とだけ言った。

村崎は何も言わず、頼りない柵に両手をかけて煌めく町の灯を見つめていた。

「素敵だね」

五分も経ってから、村崎は小さな溜め息と共に言った。

「ここは奇跡の場所だ」

「奇跡の場所……」

「視界を遮るものをうまくかわして、東京まで見える。たいして高くないビルなのに、たまたまそういう位置に立っているんだね。川の土手の道もきれいだなあ。車のヘッドライトとテールランプで、色が紅白だね」

「良かった」

わたしは微笑んでいた。

「ここから見る景色が美しいこと、わかって貰えて」

「高層ビルの最上階のレストランから見る夜景は確かに綺麗だけれど、窓の光が小さくなり過ぎて中に人がいるって感じがしない。ここから見る町のあかり、窓の光は、ひとつずつ人が中にいることがわかる。まるであの光ひとつひとつが、人の命そのものみたいに思える」

あの光は、人の命。命の輝き。

そんなふうに思ったことはなかった。なかったけれど、わたしがここで感じていたことを的確に言い表してくれた、そんな気がした。

わたしはここで、あの窓のひとつひとつに、誰かを「見て」いる。

あの部屋の中で、何かをしている人たち。仕事したり、笑ったり、怒鳴ったり、食事したり、泣いたり。

ここに立って見つめていると、その中で交わされる会話まで聞こえて来る気がする。

「車のライトはまさに、ひとつひとつが命なんだよな。それに窓のあかりだって、誰もいなければあかりは消されてしまう。そこに人がいるから明るくするんだ。そう考えたらやっぱり、町のあかりはひとつひとつが、誰かの命であり、人生なんだね。こうして見つめていると、ふ、とそのあかりが消えることがあるね。仕事を終えて家路につく人が、会社のフロアのあかりを消す。これから夜の町に出かける人が、部屋のあかりを消す。あ、今消えたあのあかりは、どうしたんだろう。それを想像するのがまた楽しい。光の明滅。明暗じゃなくて、明るいの反対が滅する、なんだ。オール・オア・ナッシング。光っていればそこには人がいて、消えればいなくなる」

明るいの反対が、滅。暗ではなく、滅。

人は、光っていなければ死んでいるのと同じなのだろうか。

光らずにただ生きていることは、罪なのか。


「前はどこに住んでいたの？」

村崎は明るく訊ねた。

「ここから見える？」

わたしは首を横に振った。

「東の、東の端っこのほうです」

「下町？」

「はい」

「俺も住んでたことあるよ、大島(おおじま)ってとこに、五年くらい。俺にはなかなか住みやすかったな。でも、そろそろ賃貸じゃなくマンションでも買おうか、と思った時に、条件に合った今暮らしてるマンションが、西のほうだったんで、引っ越しすることになったけど。女房はあまり好きじゃなかったみたいでね、下町」

妻帯者。

結婚指輪をしているのは見たことがない。でもそれは当たり前なのかもしれない。ひとのからだを揉んだりさすったりする仕事なのだ、指輪は邪魔だし、客の肌を傷つける可能性もある。

最初から知っていたような気がした。独身の男にはない余裕があった。物欲しげな目もしなかった。

「下町は……人と人との繋がりが濃いですものね」

「そうなんだよね。俺はそこが気に入ってたんだけどな。行きつけの飲み屋とか定食屋なんかに入ると、顔見知りがいてさ、世間話したりさ。でも女房は大変だったみたいだ。噂話につきあわされて。子供がいたらもっと大変だったかもしれないな」

「いらっしゃらないんですね」

「出来なかった」

村崎は、大きくノビをした。

「もう女房もあんまり気にしてないけど、数年前までは大変だったよ、不妊治療だなんだって。でも……あ、ごめん、こんなディープな話、鬱陶しい？」

「いえ……聞いていていいのなら、どうぞ話してください」

「そう？　まあ別に、誰かに話してすっきりしたい、というほどこだわってるわけでもないんだけどね。要するに女房の卵巣に問題があって、卵子提供を受ける以外どうしようもないってわかったんだ。卵子提供ってことはつまり、生まれた子は俺の血は受け継いでいるけれど女房にとっては他人ってこと。女房は子宮を貸すだけなんだよね。それでも欲しいって彼女が言えば、その先へ進んだかもしれないけど、彼女は悩んだあげく、やっぱり自分と血の繋がらない子をちゃんと育てる自信がない、って。俺は実のとこ、子供はどうでも良かったんだ。いてもよし、いなくてもよし。だから即座に不妊治療は中止して、夫婦二人で楽しく暮らしていくことを考えた」

「……今は、楽しく暮らしてらっしゃるのね」

村崎は笑った。

「ま、二人で楽しく、と言えるのかどうかは微妙だけど。女房は仕事持ってて、自分の稼ぎがあるんだ。俺より高給とりなんだよ。友達も多くて、しょっちゅう旅行に出かけてる。俺は出不精でさ、旅行に出るより家で本でも読んでるほうがいい。毎日毎日、何十人もの人たちと会って喋ってだから、たまには黙って一日過ごしたい。お互い、それでいいといつのまにか暗黙の了解が出来ちゃったんで、女房は友達と始終旅行に出かけ、俺は女房のいない時間をそれなりに楽しんでる。月に一度くらいは二人で外食する。それ以外は、夕飯もそれぞれ勝手に作って食う。変な夫婦だけど、これが俺たちにとってはいちばんいいスタイルなんだと思ってる」

おとな過ぎるわ。かっこよ過ぎ。

それでも、羨ましかった。村崎のことは男として好き、というところまではまだ意識していない。妻帯者だと判った以上、この先もその意識を持つことはないだろう。けれど、村崎と過ごす時間は、楽しい。食事を美味しいと感じられたのも久しぶりだし、何よりも、このまったくどこにでもあるような夜景を見て、奇跡の場所だと言ってくれる村崎の感性が、わたしにはとても心地良かった。

もう少し早くこの人に出逢っていたら……この人が独身の頃に。

ほんの少し、残念だった。けれど、ホッとしてもいた。

あの男の時のような思いをするのはたくさんだ。もう二度と、嫌だ。

その夜以来、村崎とは時々、あの屋上にのぼった。

遠くのビルの窓あかりを数え、光の川のように流れる高速道路の紅白のライトを数えた。

「あのビル」

わたしは指差した。

「あそこに天花っていう天ぷら屋さんがあったの」

「聞いたことあるな。すごく高いお店でしょ」

「厨房でガスが爆発して、お店がなくなっちゃったの」

「新聞に書いてあったかな」

「その時わたし、ここにいたの。でも遠過ぎて、天花のあかりが消えたのかどうかわからなかった。そのお店に会社の営業の男性がいたんだけど……その夜から失踪しちゃったの」

「……へえ。その事故と何か関係してたのかな」

「そんなことないと思うけれど。……爆発でショックを受けて、それで失踪したんじゃないかしら」

「そんなことがあるのかな」

「わからない。でも……きっとわたし、ここで見てたのよね。その店のあかりが消えるのを。明るいの反対で、滅。滅してしまうのを」

「明かりが消えていくのを見ているのは辛いね。でも、どうしようもないのかもしれない。消えていくのをとめることは難しい」

「消えろ、って願ったら……消えるとおもう？」

「消えてほしい光があるの？」

「今はないけれど」

「おすすめはしないな」

村崎は、わたしの肩に手を置いた。いつものように温かく心地よい掌。

「願いごとをするのなら、ポジティヴなほうがいいよ。どんな願いであれ、願えばなんらかの形で自分に跳ね返る」

「悪口と一緒ね」

「悪口？」

「誰かの悪口を言うと、自分が傷つくんですって。道徳的な意味ではなく、脳が勘違いするらしいの。その悪口が自分に向けられたものなんだ、って。でも……わたし、できるの」

「何を？」

「消せるのよ。実は、ここに来るたびに消しているの」

「……あの光を？」

　わたしは頷いた。

「毎回ひとつずつ、あの光を消しているの。消えてほしいな、と思った光を」

「消えてほしい光なんてあるの」

　わたしは微笑んだ。

「わたし、嫌な性格なの。何か言われても言い返すことが出来ない。子供の頃からそうだった。喧嘩をしたことがないの。相手がとても怒っていると目をそらして下を向いて、ひたすら謝ってしまう子だったから」

「優しいんだ」

「違う」

　わたしは強く首を横に振った。

「違う。優しくなんかない。本当に優しい人間なら、自分が正しいと思った時は喧嘩もすると思う。だって、相手が間違っているのにそのままにしてしまったら、いつか相手が困ることになるってわかるから。わたしは無責任なの。そう、責任をとる、ということが出来ない子だった。ただ謝って、罵倒されても言い返さず、それだけ」

「そういう子は珍しくないよ。子供の頃に自己主張が出来ないのは、その仕方を知らないからだ。おとなしくて引っ込み思案な子は、どこにだっているよ」

「でも、今でもそうなのよ。わたしは今でも変わっていない。成長していない。誰かの悪意を受け止めるのが嫌なの……悪意なんか気づかなかったふりをする。ただ謝って……機械のように謝って。でもわたしは天使ではない。嫌な気持ちは心に溜まる。お腹の底に沈んで、ヘドロのようになってる。真っ黒で、臭くて……ぶくぶくと泡をたてている」

「この都会で暮らしている人間で、腹の中に何か溜め込んでいない人間なんか存在しないさ。君は自分を責め過ぎる」

「でも、あの光をひとつ消すと、すっきりする。気分が良くなるの。いちばん最初は、ちょっと店員さんの態度が不愉快だったお店に向かって、消えてしまえ、と思った。そしたら次の日、そのお店が移転してしまったの。もちろん、ただの偶然。でも偶然だったとしても、思った通りにその店が消えてしまったんだもの、驚いたわ。それからここに立つたびに、お腹に溜めてしまっていることを少しだけ引っ張り上げて思い出して、消えてしまえ、と願うの。そしたら……消えるのよ。ふつ、と。光がひとつ消える。それでわたしの心の中にある臭いものが、ひとつ一緒に消えてくれる」

「なるほど。君はあの街のあかりを消すことで、心を浄化してるんだね」

村崎は、瞬く光のほうにもう一度顔を向けた。

「……そうだね。どちらにしてもこの光はすべて、朝には消える。この光の中で生きていた人々も、眠りには就くんだ……いずれ。もしそれで気持ちがすっきりするんなら、嫌なことをあの光のひとつひとつにこめて、消えろ、と念じるのもいいかもしれないね」

「あなたにも、消えてほしいものがあるの？」

村崎は笑った。

「そりゃあるよ。普通にこの都会で生きていれば、消えてくれ、と思うものがひとつもないなんてあり得ない。仕事をしていても、気の合わない同僚や感じの悪いお客はいるし、日常生活でも不愉快な目には遭う。君が店員の態度が不愉快だった店に消えろと思ったように、俺だって、買い物や食事をして不愉快な思いをすることはある。消えろとまでは思わなくても、不愉快な態度をとった店員は、辞めてしまえばいいのに、って思う。俺も今度から、腹に溜め込まないでここで発散しようかな」

村崎がわたしの手を握った。温かくて大きな掌。長い指。

この手がわたしをときほぐしてくれる。

胸が熱くなる。動悸がする。

幸せがこみ上げた。

妻のある男、なのに。

4

鈴本の遺体が川にあがった。

事故なのか殺されたのかは不明だとニュースに流れた。自殺だよね、と、加奈が声をひそめた。

「きっと鬱だったんだよ。鬱なのに自分で気づいてなくて、病院にも行かなかった。バリバリの営業マンにはけっこう多いらしいよ。仕事もちゃんと出来てるし、傍から見るととっても元気そうだから、鬱病だなんて本人も周りも思わない。でも本当は、寝られなくて、食欲もなくて、無感動になっているんだって。きっとさ、天花の爆発事故に居合わせて、ショックを受けて、それで鬱が一気に加速したんじゃない?」

加奈はトレイの上に載せたカレーの皿の上でスプーンを振った。

「それよりさ、由佳里、なんか最近いいことあった?」

「どうして?」

わたしは自分のスプーンでカレーをすくう。服を汚したくないので、はね散らかしたりしないよう、静かに手を動かした。

「なんか、最近明るいっていうか……綺麗になったから」

加奈はいたずらでも隠すように肩をすくめた。

「みんな言ってるよぉ。由佳里が笑うようになった、って。由佳里さ、自分で気づいてないかもしれないけど、笑顔、すごく可愛いよ」

「ごめんね」

わたしは下を向いてカレーを口元に運んだ。

「わたし、子供の頃からおとなしくて暗い子だったから。みんなもやっぱり、あいつは暗いって思ってたんだね」

「まあでも、別にみんな由佳里のこと嫌いじゃないし。由佳里ってさ、ぜったい怒らないし、誰かの悪口言わないもんね。あの鈴本にあんだけ意地悪なことされてても、いつも冷静だったじゃない。みんな、すごいね、って言ってた。由佳里の我慢強さや心の広さって、すごい、って。それに仕事は正確だし、みんな由佳里のことは頼りにしてる。でも最近その由佳里がさ、前よりよく笑ってるから、みんな嬉しいんだよ。あのさあ……もしかして……カレシ、出来た？」

「そんなんじゃないの」

わたしは表情に動揺が出ているのを感じながら、笑ってごまかした。

「ただちょっと……家の近所にね、お気に入りの場所をみつけて」

「あ、いいな。カフェバーか何か？」

「……まあそんなところ」

「いいよねえ、自宅の近くにさ、ちょっと入れるお店があるって。あたしなんか親と同居でさあ、いわゆる郊外の新興住宅地、ってやつだから、近所どころか駅から見渡せる範囲ぜーんぶ、こじゃれた一戸建てばっかり。建てた人たちは個性的なのを建てたと思ってるんだろうけど、所詮さ、分譲地を購入した時に推薦される住宅メーカーのモデルハウスから選ぶんだもんね、結局おんなじような家なんだよねえ。お店もすんごく少ないの。スーパーと、駅前にちょこっとファストフードとか百円ショップがあるくらいだよ。スタバもないんだから。車で行けるとこにはでっかいショッピングセンターがあるけど、そこに入ってるのはチェーン店ばっか。あとは国道沿いに、もう日本中どこに行っても並んでるファミレス、レンタルDVDチェーン、家電量販店にアパレルチェーン。会社の帰りにもより駅に降りてから、ちょっと寄れるお気に入りのカフェバーなんて、ほんと羨ましい」

加奈の言っていることはとてもよくわかるが、それなら親元を離れて好きな街で暮らせばいいのだ。けれどそれをしてしまえば、今のように呑気で優雅な毎日がおくれなくなることを加奈は理解している。しょせん、口だけの「羨ましい」。

それでも、加奈には感謝していた。村崎と引き合わせてくれたのは加奈だ。鈴本が生きている時も、かかわりあいになるのをおそれて見て見ぬふりをしていた他の社員と違って、加奈はいつも励ましてくれたり慰めてくれた。

「ねえ、たまにはご飯食べて帰らない？」

加奈の誘いに、わたしは、まあいいか、と頷く。

手頃なイタリアンでパスタを食べ、加奈が歌いたいというのでカラオケにつきあった。もちろんわたしは、カラオケで歌ったことなど一度もない。けれど退屈はしなかった。加奈は一人でもカラオケボックスに行くらしく、なかなか上手だ。続けて何曲も歌ってから、くたびれると会社のことや私生活について、とりとめもなく喋る。加奈にとっては、誰かを相手に喋ることがいちばんのストレス解消法なのかもしれない。

けれど、加奈をあの秘密の場所に連れて行きたいとは思わなかった。あそこはわたしと……村崎だけの場所。悪気はなくても無神経な笑い声をたてたり、わけもなくはしゃいだ声をあげる加奈に知られたら、きっと台無しになる。

終電近くまで加奈の歌を聴き、加奈のおしゃべりを聞いて外に出た。終電を逃してタクシーで帰るとなると出費が痛い。余裕はあったが、自然と駅までは早足になる。

「近道しよ。ちょっと雰囲気はイマイチのとこ通るけど」

加奈のあとについて、繁華街の裏通りへ入った。小さな飲み屋がぎっしりと並んでいる細い路地を抜けると、ネオンも赤提灯もない静かな住宅地に出た。と思ったが、住宅地ではなかった。ラブホテル街だ。

高速道路のインター付近などにあるような大きな建物ではなく、三、四階建てのこぢんまりとしたホテルがいくつも並んでいる。他にも、旅館、とライトに黒文字が浮かび上がっている建物もある。外には休憩料金の表示。

「レトロだよねえ。東京にまだこんなとこあるんだもんね。こういうの、連れ込み旅館、って言うんでしょ」

加奈がクスクス笑う。

「やっぱホテルより、畳に布団のほうが好き、って人たちもいるのかなあ……あれ？」

加奈の足が止まった。

「どうしたの？」

「……うん……あのひと」

加奈は二百メートルほど先のホテルから出て来たカップルの背中を見つめていた。

「ちらっと見えただけだけど……間違いないと思う」

「知っているひと？」

「……うん」

加奈は不機嫌そうな声で言った。

「あれ……村崎先生の奥さんだと思う」

「……村崎先生……」

「あの整体の、ほら、由佳里に施術してくれた人。憶えてない？」

「あ、ううん、憶えてるけど。でもどうして村崎……先生の奥様を知ってるの？」

「村崎先生の奥さんって、歯科医師なのよ。あの整体院が入ってるビルの別の階にある歯医者さんで働いてる。わたしそこの歯医者さんにも通ってるから、村崎って名前の歯医者さんがいたんで、あれ？　と思って訊いてみたら、やっぱりそうだった。綺麗な人よね……それに歯医者さんなんて、カッコいいよね。お金も稼ぐんだろうね。でも、あの男性は村崎先生じゃない。体型がまるで違う。……って、つまりさあ、浮気？　なんかちょっとねえ……見たくなかったけど」

わたしは、自分の足元がふわふわと頼りないことに驚いていた。どうしたんだろう。

まるで現実ではないどこかにいるみたい。

わたしは気づいた。

これは……怒り？

ついぞ感じたことのないほどの。

「村崎先生、奥さんも自分で働いて稼いでるから、二人は互いに自由にやってるんだって言ってたけど、でも奥さんのことはとっても大切にしてるのよ。奥さんの誕生日は早番にして貰って、ディナーを俺が作るんだ、なんて言ってたもん。なのにさあ……ここ、二人の勤務先から電車で三つしか離れてないのに、よくあんなとこに出入りできるよねえ。村崎先生、奥さんが浮気してること、知ってるのかな。知ってるわけないか」

加奈は肩をすくめた。

「いくら自由尊重のダブルインカム夫婦だって、奥さんの浮気を旦那さんが知っててにこにこしてられっこないもんね。でもこういうのってどうしたらいいのかな。黙っているほうがいいよね。余計なことだもんね。だけどなんか、黙ってるのも嫌だよねえ。もう整体に行っても村崎先生の顔、ちゃんと見られないじゃない」

翌日、会社の帰りにわたしはいつもの場所に立った。

無数に瞬いている光の粒。その粒のどれが、今、あの女がいる窓なのかはまるでわからない。わからないけれど、きっと願いは通じる。


消えてしまえ。

あなたには、あの人の妻でいる資格なんかない。

さっさと、消えろ。

*

ふた月ぶりに、村崎と会った。

痩せたな、と思った。

それでも村崎は無理して笑顔をつくってくれた。

「今でもまだ、悪い夢を見ているような気分なんだ」

村崎は、溶けたチーズにひたしたパンの小片を、珍しいものでも見るように眺めながら言った。

「人間って、あんなに簡単に死んでしまうものなんだね」

「……大変でしたね」

わたしは、村嶋のグラスにワインを注いだ。

「まだ無理しないほうがいいわ。わたしなんかと食事するために、わざわざ出て来なくても」

「今日から仕事に復帰したんだ。だからわざわざ出て来たわけじゃないよ。でも、君と食事するのが楽しみだったのも本当。こんなこと他の人には言えないけれど、もう悲しむのに疲れてしまった。二ヶ月も仕事を休んでいろいろと後始末をしている間に、気持ちのほうはだいぶ楽になって来た。でも外に出るのがなんだか怖くてね」

「……怖い？」

「妻があんな死に方をしたのに、あの人は平気で外を歩いている。笑っている。仕事している。誰かと食事している。なんて薄情な人なんだ。やっぱりあいつが殺したんじゃないのか……そんなふうに思われるんじゃないかって、つい考えてしまうんだ」

「そんな。……身内が亡くなっても、いつまでも嘆き悲しんでいるばかりでは自分の人生が壊れてしまいます。誰だっていつかは普通の生活に戻らないと。もう二ヶ月も経つんですもの、誰もそんな陰口なんか叩かないわ。それに、あなたはアリバイが証明されて、警察ももうあなたのことは疑っていないのでしょう？」

「そんなことはわからないよ。嘱託殺人の可能性だってある、って、刑事がほのめかしてたもの。警察はまだ、俺のことを最重要参考人だと思ってる」

「奥様を殺したって、あなたに何もメリットはないじゃない」

「生命保険が入る」

村崎は自虐的に笑った。

「お互いを受取人にしてかけてあった。そんなたいした金額じゃないけど、それでも三千万。だから保険会社は俺が妻を殺したんならいいと思ってるんだよ。いまだに支払いをしてくれない。まあ別に、俺には借金もないし、生活に困っているわけじゃないからいいけど、気分は良くないよね、いつまでも犯人扱いされるのって」

「借金もない、お金に困ってもいないのに、三千万欲しくて奥さんを殺すなんて馬鹿げているわ。マンションのローンも終わっているんでしょう？」

「ギャンブルの借金もないし、サラ金やカードローンも一切借りてないよ。警察は必死にそのへんのことを調べてたみたいだけど、何も出て来るわけがない」

「アリバイがあって動機がないのよ。心配しなくても、そのうち容疑は晴れるわ」

「その動機なんだけどね」

村崎は、ゆっくりとワインを飲み干し、またパンを串に刺してチーズの中に沈めた。

「警察は、どうやら金以外の動機を見つけ出したみたいなんだ」

「……どういう意味？」

「妻には恋人がいた」

村崎は、熱いチーズのからんだパンを口に入れ、しばらくそれを呑み込むことに専念してから言った。

「愛人だとか不倫関係だとか、そういう言葉はつかいたくないよね。俺は確かに夫だったが、妻の恋人じゃなかった。そして妻は、恋人が欲しくなったんだろうな」

「……浮気、してたんですね」

「世間的な言い方をすれば、そうみたいだ。何しろ俺たち夫婦は、それぞれに好きなように生活していたからなあ、妻がどこかで恋人と逢っていたとしても、俺にはまるっきりわからない。わかりたくもなかった。……まったく、警察ってのはおせっかいな連中だよね。しかし彼らにはいくら説明しても理解はして貰えないだろう。たとえ妻が俺以外の男と外で逢ってホテルに何度も行っていたとしても、それを理由に俺が妻を殺すなんてことはあり得ない。嫉妬の感情がまるでない、とは言わないよ。生前に知っていたらおそらく、激しく嫉妬しただろうね。でもだからって、俺は妻を殺したりしない。ロープで首を絞めて殺して、川に投げ捨てるなんて……そんな野蛮で粗暴なこと、俺には出来ない」

「……もちろんよ。あなたに出来るわけがありません」

「信じてくれるんだ」

「ええ」

わたしは微笑んだ。

「少しも疑っていません」

「このまま俺とつきあうと、君まで警察から変な目で見られるよ、きっと。不愉快な質問をされると思う」

「別に構わないわ」

「ほんとにいいの」

「ええ」

わたしは、自分のグラスのワインを飲み干した。

わたしと村崎は、交際を始めた。

村崎の妻を殺害した犯人はまだ逮捕されていない。が、村崎にかけられた嫌疑はほぼ晴れた。嘱託殺人だとすれば、村崎から実行犯に多額の謝礼を支払う必要があったはずだが、警察はとうとう、村崎の資産勘定にそうした不審な動きを見つけ出すことが出来なかった。

わたしは遠い悪夢を忘れつつあった。

村崎と二人でいれば、あの秘密の場所で光を消すことも必要なくなる気がした。それでも、結婚は考えなかった。村崎と二人でずっとこの関係を大切にして行きたいという思いはあったけれど、二人で暮らしたいとは思わなかった。

あの男との二人で暮らした日々は、わたしにとって消してしまいたい過去だったから。

村崎は時折、二人で暮らさないかと訊くことがあった。自宅マンションは売却する、まったく別の町に行って、二人で新しい生活を始めよう、と。それは魅力的な提案だった。今暮らしている町を、わたしは好きではないのだ。気に入っていない。元いた町が良かった。あの下町の、ざっくばらんで温かく、少しわずらわしい気楽さが心地良かった。

あの町を出ることになった時、わたしは泣いた。何よりもいちばんそのことが辛かった。けれど、仕方ない。あのままあそこで暮らしていることは、出来なかった。

あの町に戻りたい、と言ってみようか。ふと、そう思うことはあった。村崎は喜んでそうするだろう。二人であの町に戻れる。

ああでも。

わたしは、無数の星のように町の灯が瞬く光景を思い出す。あそこを離れることは出来ないのだ。あそこから、わたしは光を消す。消すことで、わたし自身の心を救って来たのだから。

村崎は笑いながら、それでもわたしの真似をして、消えろ、と叫んでいる。とてもすっきりするね、と。

村崎は信じていない。わたしが消えろと叫ぶと、光は本当に消えるのに。ひとつずつ、消えるのに。村崎は偶然だと思っている。たまたま残業を終えた誰かがフロアの明かりを消した。たまたま店が閉店時間になった。たまたま、ブレーカーが落ちて停電した。光が消える理由なんていくらでもあるし、いずれにしても、朝になればすべての光は消えるのだ。

「朝までずっと、消えろ、と叫んでいたら、君は世界の支配者になれるね」

村崎は笑いながら言う。

「世界が消えて、その真ん中に君は君臨できる」

村崎はなぜ信しないのだろう。わたしに、それができるということを。

5

「おめでとう」

加奈は涙ぐんでいた。いい子。優しい子。

「まさか、由佳里が寿退社するなんて、思ってなかった」

わたしは微笑んだ。

「結婚できるって思ってなかったから？」

「ちがうよぉ」

加奈が泣き笑いする。

「なんかさ、結婚しても変わらずに働いてる、そういうタイプだと思ってたんだもん」

「少し、働くことに疲れちゃって。でも専業主婦が向いてるとは思ってないから、ちょっと休んだらまた働くつもり」

「由佳里なら大丈夫だね。優秀だもん。でも縁って不思議だよね。まさかさ、由佳里が整体の先生と結婚することになるなんて。でも式も披露宴もしないってほんと？」

「今のとこ予定ないの」

「ちょっと残念。ブーケ貰いたかったのに」

　わたしは声をひくめた。

「村崎さんの元の奥様の事件、まだ解決してないから」

「あ、そうか」

　加奈は口元を手でおさえた。

「そうだった！　でももう三年だよ。迷宮入りしたんでしょ？」

「それでも、今はもう殺人に時効はないし」

「でも先生の疑いは晴れたんでしょ」

「うん。村崎さんが誰かに殺人を依頼したって形跡は一切なかった。アリバイも完璧（かんぺき）だった。保険会社もやっと納得したみたいで、生命保険もちゃんとおりたの」

「じゃ、もう心配ないじゃない」

「そうだけど……元の奥様のご実家にね、遠慮というか。元奥様のご両親はまだ健在だし……」

「そっか。……そうよね、自分の娘が殺されたっていうのに、その娘の夫が再婚するって、気持ちいいもんじゃないよね」

「だから派手にしたくないの。犯人が逮捕される時が来たら、ささやかなパーティくらいはするかも」

「その時はぜったい、招待してね！」

わたしは加奈の手を握った。


新しい生活は、懐かしいあの町で始まった。

大好きだったコロッケを売っている肉屋、夕方になると折れたネギやとれてしまったキャベツの外葉などを積み上げて、ウサギや鳥を飼っている方お持ち帰りください、と貼紙を出す八百屋。

いい匂いが一日中漂っているモツ煮込みの店。

おでん種ばかり並べて売っている店。

商店街には、スーパーマーケットでは体験出来ない喜びが溢れている。

この町を休日の夕方に歩くことが、どれだけ楽しみだっただろう。

あの日、去りたくないのにここを去った悲しみが、村崎と手を繋いで歩く一分一秒ごとに、遠い過去へと薄れていく。

「いい町だね」

村崎は幸せそうだった。

「ここに越して来てよかったな」

通りの向こうから歩いて来た中年女性が、立ち止まってわたしの顔をじっと見つめた。わたしは会釈した。その顔には見覚えがある。前に住んでいたアパートの、二つほど離れた部屋で暮らす寡婦だ。とても親切な人だった。

女性も、やっとわたしを思い出したらしく、少し戸惑ったように会釈した。わたしは、結婚しました。またここで暮らします、と、女性に告げた。女性は納得したように笑顔になり、それはおめでとうございます、と軽く頭を下げてくれた。

「親切な人ばかりなのよ」

わたしは村崎に言った。

「みんな親切で、隣人を気にかけて暮らしている」

やっと戻って来られたんだ。

わたしは、嬉しさで踊り出したいのをこらえながら、村崎の手をしっかりと握って歩いた。

やっと、わたしの理想の日々が始まったのだ。東京での理想の毎日。気に入った町で、好きなひとと手を繋いで歩く。

もうわたしは、あの秘密の場所に行くことがないだろう。行く必要もない。

あの場所から暗い空に向かって叫ばなくてもいいのだ。

消えろ、と。

消えてしまえ、と叫ばなくていいんだ。

わたしは幸せを手に入れた。それは同時に、この世界のすべてを自分のものにしたということ。だからわたしはもう、何も消えてほしくない。何も失いたくはない。

わたしは、おいしい匂いで満ちた商店街を、満ち足りた気分で歩いた。わたしには新しい、心地いい場所、が出来た。もう秘密ではないけれど、特別ではある、わたしの居場所。

三日後、警察手帳を持った男が新居をたずねて来た。村崎は仕事で外出中だった。

刑事は、あの男のことを訊いて帰った。

話すことなんかない。思い出したくもない。けれど、刑事の質問には答えなくては。

宮川圭太さんをご存知ですよね？

はい。

宮川さんとこの近くの春川ハイツで暮らしていたことがありますね？

もう随分前のことですけど。

宮川さんと最後にお会いになったのはいつです。

さあ、憶えていません。

引っ越しをされたのは宮川さんと別れられたからですか。

そうです。喧嘩して、あの人が出て行きました。なのでわたしも引っ越しました。

その後の宮川さんの消息は？

知りません。

半月ほど前に、この近くの新築の、賃貸ワンルームマンションでベランダの崩落事故があったのはご存知ですか。

いいえ。その頃はまだここに住んでいませんでしたから。

その崩落で、違法建築の疑いが浮上しまして。

はあ。

敷地内のゴミ置き場の床もゆがみがひどく、基礎工事に問題があるのではという疑いが。

はい、それが何か。

一部、鉄筋を壊して検査が行われました。すると床の基礎の中に、人骨らしきものが埋まっていることがわかり、掘り出されたんです。頸骨の周囲にロープがまきついた死体でした。

……まあ。

まだ身元は確定されていませんが、宮川圭太さんではないかと思われています。

……

宮川さんはご両親から捜索願が出ています。会社も無断欠勤のまま、失踪してしまった。

……

宮川さんはあなたとよく喧嘩されていたようですね。というより、宮川さんはあなたに暴力をふるっていたようだ、という証言がありますが、事実ですか。

いいえ。

隣近所に怒声やあなたの泣き声がよく聞こえていたそうですが。

知りません。

あなたの引っ越し先がわからず、捜していたところでした。しかしあなたがこの町に戻られたようだと連絡がありまして。

……先日、商店街で知った顔に会いました。あの人が通報したんですね。

通報ではありません。

宮川さんの失踪と、わたしは無関係です。

わかりました。またお話を聞きに伺うと思いますが。

どうぞ。

わたしは、家を出た。

あの時と同じように。もうここには戻って来られない。

たった数日の喜びだった。

結局、わたしは電車を乗り継ぎ、あの場所へと向かっていた。

この世界の中でたったひとつだけ、わたしに残されたあの場所。

わたしがすべての望みを叶(かな)えられる、あの秘密の場所へ。

駅を降り、非常階段をのぼる。いつものように、屋上へと通じるドアの鍵はかかっていない。壊れているのかもしれない。壊れていても、誰も直そうとはしないのだ。直す必要などないから。

そこへは、わたしのほか誰も足を踏み入れないから。

なぜならそこは、わたしのために、神が用意してくださった場所だから。

今夜もまた、日が落ちて空が茜(あかね)から紫、そして黒へと変わるにつれて、無数の光が瞬きはじめる。

わたしは柵につかまって光に目をこらした。頼りない柵だ。よじのぼろうと思えば簡単。柵の向こうには、両足を揃えて立てる程度の張り出しがある。

生暖かい風が吹いている。天気が崩れる予兆。遠く雷鳴が聞こえた気がした。都会の光を反射して、雲に覆われた空は妙に明るい。夜が来たのに、空はピンク色に光っている。

叫ぼうとしたのに、言葉が出て来なかった。

何に対して消えろと叫べばいいのか。

わたしは、何に消えてほしいのだろう。

あの刑事？　ううん、刑事が一人消えても事態は何も変わらない。

密告したあの女？ あんなやつどうでもいい。

何を消したい。

滅したい。


「由佳里！」

背後で声がした。村崎だ。

そう、村崎はここに来ることが出来る。ここを教えてしまった。でももう、ここにはいて欲しくない。

「由佳里！ 柵から離れなさい」

村崎が言った。わたしはおかしくなって笑い出した。村崎は優し過ぎる。わたしがこの柵を乗り越えてしまうことを心配している。

「話を聞くよ。君の口からちゃんと聞きたい。そして君の言葉なら、俺は信じる」

嘘よ。あなたは信じない。だって信じていないじゃないの。

わたしは消すことが出来るの。ここから、消えろ、と叫べば、誰でも消すことが出来るのよ。

あの化粧品店は消えた。

鈴本だって消えた。

「……君は暴力を受けていた。君は自分を守っただけだ。そうだろう？」

いいえ。いいえ。いいえ。

「刑事が教えてくれた。近所の病院に君の通院歴があった。骨折、火傷（やけど）、打撲……ひどい怪我ばかりだった。そしてすべて、衣服を着ると隠れるところに傷があった。医者は家庭内暴力を疑っていた。でも君は頑（かたく）なに否定していたって」

だから。そんなことしらない。忘れた。

「宮川はクズだ。殺されても仕方ない奴だ。君は自分を守ろうとしただけだ。そうだよね？」

そうよ、あの男はクズ。外面だけ良くて、人前では決してわたしを怒鳴らない。嫌な顔もしない。でも二人だけになると、あの男は豹変（ひょうへん）した。

「刑事が言った。君の会社の営業部員、遺体が発見されたんだよね。その男の首に巻き付いていたロープと、宮川の骨に巻き付いていたロープは同じメーカーの同じ製造ロットのものだって」

だって。だって。ロープなんて……一巻き買ったら、なかなか使い切らないものよ。

使い道がそんなにないじゃない。

わたしはまたおかしくなった。

「鈴本は消えたのよ。あの光と一緒に」

わたしは指差した。天花のある、あのビル。

「宮川の時はここを知らなかった。だから何も憶えてないわ。宮川のことなんか、あの日以来忘れた。鈴本はここで消したのよ。消えろ、と念じてわたしが消した」

「……由佳里……君は病気なんだ。お願いだ、ここに、俺のところに戻ってくれ。一緒に治そう。病気を治そう。そして償おう」

償う？

償うって、どうして。

宮川はわたしを痛めつけた。鈴本もわたしを深く傷つけた。

消えてくれ、と願うことのどこが悪いの？

「由佳里」

村崎の声は、悲しいほど静かだった。

「君は……あいつのことも……俺の妻だった女のことも……その手で」

消えろ、って叫んだだけ。

ここで、あの光に向かって、消えろと。

ただそれだけ。

背後で人が動く気配がした。わたしは柵をよじのぼった。

「やめろ、由佳里！」

「来ないで。わたしのそばに来ないで。そばに来るなら……あなたを消すわ。あなたの光を、消す」

「……そうしたらいい」

すぐ近くで村崎の声がする。

「君がそうしたいなら……俺はいいよ。俺を……消してしまえよ。そのほうがいい……俺は耐えられないかもしれない。君を……こんな形で失うなんて」

わたしは振り向いた。夜の闇の中に溶けているはずの村崎の顔は、どこからか照らして来る光によって輝いていた。

光。光。この光が憎い。
村崎の頬に光る涙を照らす、この光が憎い。
わたしは一気に柵の上にからだを引き上げ、張り出しの部分に立った。
村崎が絶叫する。

生暖かい風が吹く。

消えろ。
そう。村崎さん、あなたを消す。あなたを消してしまうには、これがいちばん簡単。
あなたも、刑事も、あのおばさんも。
何もかも。

最初からこうすればよかった。初めから。
そう、ここは、そのための場所だったのだ。今、やっとそれがわかった。
宮川を生乾きのコンクリートの中に埋めて引っ越した時、どうしてこの近くをわざわざ選んだのか。その理由が、これだったのだ。

なのにわたしったら。ずいぶん遠回りしちゃった。いくつもいくつもあの光をひとつずつ消した。

まとめて消す方法がちゃんとあったのに。

村崎が柵をのぼる気配がした。

「来ないで！」

わたしは叫ぶ。

「動かないで！」

刹那(せつな)、稲妻が光った。

不気味な雲の下、稲妻がまちを照らす。

わたしは見た。

あのビルにも。このビルにも。

あそこにも。ここにも。

あらゆるビルの屋上に、生暖かい風の中に立つ人の姿がある。

自分を不愉快にするもの。傷つけるもの。悲しませるもの。痛い思いをさせるもの。

あらゆる不幸に向かって、消えろ、と叫んでいる人の姿が、ある。


叫ぶことしか出来ず。

願うことしか出来なくて。

消えろ。

消えろ。

消えろ！


そして張り出しの上に立つ。

消して、消して、消して生きていくうちに、立てる場所がこの世でそこだけになってしまった。

もう、これ以上消す方法は、ひとつしかない。

両足を揃えて立てる幅の分だけの、この世界。

また稲妻が光った。

その光の中、両手を広げて落下していく人の姿が見えた。何十、何百と。

「戻って来るんだ」

村崎の、涙にくぐもった声が耳に響いた。

「戻って……」

戻れない。何もかも、もう遅い。

わたしは、両手を、大きく広げた。

解説　最も恐ろしいもの

田辺(たなべ)青蛙(せいあ)（作家）

怪談やホラー作家が集まると、よく話題になるトピックが一つある。

それは『一番怖いものは何か？』というものだ。

私にとって最も怖いもの……それは日常が突然なんの予兆もなく崩れ去ってしまうこと。

何かしらの事情で、当たり前に過ごしていた日々が消えてしまう。

それが私にとって一番恐ろしいと感じる。

曲がり角の先で急にトラックに轢(ひ)かれてしまったら……ふとした瞬間に倒れ不治の難病に体が浸されていることに気が付いてしまったら……それとも……それとも……

もし、私が何かしでかしてしまったら……心配するとキリがないが、実際に起こりえないことではなく、可能性としてはゼロではない。

ＣＯＶＩＤ－19の影響下にある現状を二〇一九年以前に誰が予想していたというのだろう？　あの頃の当たり前が、一つの伝染病によってどれだけ失われてしまったか。私が過ごしている日常、あたりまえは薄い膜の上に乗って成り立っているに過ぎない。

そのことに気が付いていないように振る舞い、明日（あす）があたりまえのように来ると信じているだけだ。

この本に収められた五つの短編はそれぞれ独立した作品で、連作ではない。

しかし、どの作品も女性の主人公の語りによる叙述形式で、境遇の差はあるけれど内面に共通したものがあるように感じる。

主人公の女性は、どこの町にでもいそうな、特に変わった能力や優れた容姿があるわけでもなく、さっと電車の隣の席に座っていても誰も気にもかけない、そういう人達だ。

そんな主人公の女性が、ふとした瞬間に、思わぬ出来事や出会いによって翻弄（ほんろう）され、人生を狂わされていく。

「薫衣草（ラベンダー）」は、双子の妹がある日突然、夫と子供を残して家を出て、その後死体で発見される。成長と共に、全く違う生き方を選択し、過ごしていた妹の身に何があったのか。

主人公の清香はその原因を探るうちに、ラベンダーの香りのする空き家の記憶を思い出していき、妹や母の血縁に纏わる秘密や思わぬ出来事に遭遇してしまう……。

子供の頃の記憶と、ラベンダーの香りの描写に酔わされるようにページを捲って読んだ。

私も妹がいて、双子ではなかったけれど何故かよく比較された。姉妹とはいえ似たところの方が少なく、タイプも、関心事も全く違っていたので、お互い仲が悪かったということはなかったけれど、あまり一緒に遊んだりすることはなかった。

そして、そして、書こうかどうか随分悩んだけれど、これも何かの縁かも知れないと思い、記しておくことに決めた。

この「薫衣草」の主人公清香のように、ある日突然、私は妹の死を知らされた。

小さな片付いたワンルームマンション。

妹が最期に住んでいた場所で、遺品を手にし、彼女が全く突然訪れた死を予見していなかったことが知れた。そこにはメモや付箋で一杯の資格のテキストブックやノートが見つかったし、次に会った時に渡す予定だったのか、私宛のカードの付いた小さなイニシャル入りのネックレスもあった。

作中で、主人公がラベンダーの押し花の作り方から、妹の生前の性格を思い出したのと同じように私も、残された物から彼女との記憶を拾い上げ、こういう人だったという思い出に浸った。

姉妹との唐突の別れと思わぬ出来事という内容で、私の記憶が頭の中でぐるぐると回り、この作品を読んでいる最中、何度も何度も泣いてしまった。

「雪を待つ」は、幼い頃の思い出、雪の公園で子供同士が無邪気に遊ぶ様子からはじまる。そんな楽しい思い出にすら、不穏な影が忍び寄り、雪が降り積もるように容赦なく、不幸の上に不幸が積み重なっていく。

主人公のきみは、それでも小さなささやかな平穏を守りながら暮らしていた。だけれど、彼女の心はとある理不尽極まりない事故によって、雪が積もった木の枝が急に重さに耐えきれずボキリと折れてしまうように、壊れてしまう。

人生は不公平だなと何度も思ったことがある。優しく真面目に生きていた人に限って、突然の病や事故に襲われたりするし、どうしようもない悪人に限ってピンピンして長生きしている。子供の頃に聞いた童話や昔話では、正直者や善き行いをした人には、必ず見返りはあり、欲張った者や悪しき行いをした者は必ずしっぺ返しに遭うと教わったのに、不公平だ。もちろんそんなことが、当たり前なのだと大人の今なら分かる。でも、でも、何故なのと思わずにはいられない。

降り積もる雪の静けさを感じるたびに、そして理不尽な状況に何度も襲われた時、私はこの恐ろしい作品のことを今後、思い出すに違いない。

その時、私はどんな選択をするだろうかと考え、心が凍るような恐怖を感じた。

「隠されていたもの」は街中から文字通り、溜め込んだゴミの悪臭によって鼻つまみものになっている女性の家主が出て来る。かつてはさぞや美人だったのではと思わせる面影を持つ、そんなゴミ屋敷の主、安村時子に取材を行ったライターの絵美は、ゴミの中で思いがけないものを目にしてしまう。

そのゴミ屋敷のゴミの中にはとてつもない秘密が隠されていたのだ……。

ゴミ屋敷の存在によって、悪臭に耐え忍んでいる近隣の住人に話を聞きとったところから始まるこの話、妖怪のような存在のゴミ屋敷の主よりも、屋敷の秘密をも取り込んで立ち回る絵美の強かさに恐ろしさを感じた。

「ランチタイム」は、仕事も住む場所もあり、親しい友達はいないけど、そっと小さな幸せを胸に毎日を過ごしている伊能の頭を悩ましているのは、一人でどう時間を潰していいのか分からない昼食時間。仕方なく、昼食時間に通っていた公園で出会った人たちの共通点とは……。

違和感が積み重なっていき、最後に真実が明かされる。

「自滅」は自己主張をすることが苦手で、不満があっても心に溜めてばかりの由佳里が、秘密のお気に入りの場所で願った場所の光を消す能力があることに気が付く。その力を使ううちに、気持ちを許せる魅力的な男性と出会うが、相手は既婚者で、その妻は浮気をしていた。そしてタイトルにあるように彼女は、自滅への歩みを踏み出してしまう。

『源氏物語』に、心の鬼という描写が幾度となく出て来る。手元にある辞書によると、心の鬼というのは、心に思い当たる良心の呵責や、心の奥に潜んでいるよこしまな考えのことだと書いてあった。鬼は心に棲んでいる。

言葉にするまでもない、小さな心のちくちく。陰口を叩かれていることを知ってしまったり、職場の同僚との不和や、思うようにならない沢山のこと、他人への嫉妬、自分の容姿への不満など。それらがきっと、鬼の種なのだろう。小鬼ならば、飼いならすことも容易いのだろうけれど、心の鬼は本人の意図せぬことがきっかけで大きく膨れ上がって、暴れ出すことがある。

そうなると、手が付けられない。自分では押さえられない、心の鬼が人を鬼に変える。

本書の五作品の女性は、誰でも味わうような、孤独を抱えているのも共通点となっている。

寂しさが怖いというより、寂しさによって狂ってしまう弱さが怖い。

鬼になってしまうかもしれないから、鬼を呼び寄せてしまうかも知れないから。

私の心にも鬼がいて、それが分かるからだ。

涙がたっぷりと沁み込み、重くなったこの本をまた開く。

一人で夜、誰の声も聞こえないような時間にそっと読み、深呼吸して窓の外を見る。

心の鬼の存在に戸惑いながらも飼いならす為に、ぐっと私は色んなものを日々堪えている。それは、この何気ないいつ失うのかも知れない日常を少しでも長く続けるためにだ。

鬼は日常などお構いなしだからきっと、私の一番恐れていることをしでかすだろう。

この本は日常に潜む、自分や他人の心の鬼の存在に気付かせてくれる恐ろしい短編集だ。

本書は、二〇一四年十二月に小社より刊行された
単行本を加筆修正のうえ、文庫化したものです。

自滅

柴田よしき

令和4年 10月25日 初版発行

発行者●堀内大示

発行●株式会社KADOKAWA
〒102-8177 東京都千代田区富士見2-13-3
電話 0570-002-301（ナビダイヤル）

角川文庫 23365

印刷所●株式会社暁印刷
製本所●本間製本株式会社

表紙画●和田三造

●お問い合わせ
https://www.kadokawa.co.jp/（「お問い合わせ」へお進みください）
※内容によっては、お答えできない場合があります。
※サポートは日本国内のみとさせていただきます。
※Japanese text only

ISBN 978-4-04-112531-1 C0193

◇◇◇

角川文庫発刊に際して

角川源義

第二次世界大戦の敗北は、軍事力の敗北であった以上に、私たちの若い文化力の敗退であった。私たちの文化が戦争に対して如何に無力であり、単なるあだ花に過ぎなかったかを、私たちは身を以て体験し痛感した。西洋近代文化の摂取にとって、明治以後八十年の歳月は決して短かすぎたとは言えない。にもかかわらず、近代文化の伝統を確立し、自由な批判と柔軟な良識に富む文化層として自らを形成することに私たちは失敗して来た。そしてこれは、各層への文化の普及滲透を任務とする出版人の責任でもあった。

一九四五年以来、私たちは再び振出しに戻り、第一歩から踏み出すことを余儀なくされた。これは大きな不幸ではあるが、反面、これまでの混沌・未熟・歪曲の中にあった我が国の文化に秩序と確たる基礎を齎らすためには絶好の機会でもある。角川書店は、このような祖国の文化的危機にあたり、微力をも顧みず再建の礎石たるべき抱負と決意とをもって出発したが、ここに創立以来の念願を果すべく角川文庫を発刊する。これまで刊行されたあらゆる全集叢書文庫類の長所と短所とを検討し、古今東西の不朽の典籍を、良心的編集のもとに、廉価に、そして書架にふさわしい美本として、多くのひとびとに提供しようとする。しかし私たちは徒らに百科全書的な知識のジレッタントを作ることを目的とせず、あくまで祖国の文化に秩序と再建への道を示し、この文庫を角川書店の栄ある事業として、今後永久に継続発展せしめ、学芸と教養との殿堂として大成せんことを期したい。多くの読書子の愛情ある忠言と支持とによって、この希望と抱負とを完遂せしめられんことを願う。

一九四九年五月三日

角川文庫ベストセラー

RIKO—女神（ヴィーナス）の永遠— 柴田よしき

男性優位な警察組織の中で、女であることを主張し放埒に生きる刑事村上緑子。彼女のチームが押収した裏ビデオには、男が男に犯され殺されていく残虐なレイプが録画されていた。第15回横溝正史賞受賞作。

聖母（マドンナ）の深き淵 柴田よしき

一児の母となり、下町の所轄署で穏やかに過ごす緑子の前に現れた親友の捜索を頼む男の体と女の心を持つ美女。保母失踪、乳児誘拐、主婦惨殺。関連の見えない事件に隠された一つの真実。シリーズ第2弾。

少女達がいた街 柴田よしき

政治の季節の終焉を示す火花とロックの熱狂が交錯する一九七五年、16歳のノンノにとって、渋谷は青春の街だった。しかしそこに不可解な事件が起こり、2つの焼死体と記憶をなくした少女が発見される……。

月神（ダイアナ）の浅き夢 柴田よしき

若い男性刑事だけを狙った連続猟奇事件が発生。手足、性器を切り取られ木に吊された刑事たち。残虐な処刑を行ったのは誰なのか？ 女と刑事の狭間を緑子はひたむきに生きる。シリーズ第3弾。

ゆきの山荘の惨劇
—猫探偵正太郎登場— 柴田よしき

オレの名前は正太郎、猫である。同居人は作家の桜川ひとみ。オレたちは山奥の「柚木野山荘」で開かれる結婚式に招待された。でもなんだか様子がヘンだ。これは絶対何か起こるゾ……。

角川文庫ベストセラー

鉄道旅ミステリ2 愛より優しい旅の空
柴田よしき

行方不明の叔父の足跡を追って、ひたむきに列車に乗りつづける香澄。さまざまな人々との出会いを通じ、彼女は少しずつ変わってゆく。やがて新しい恋が芽生えはじめた矢先、新たな情報が入って……。

金田一耕助に捧ぐ九つの狂想曲
赤川次郎・有栖川有栖・小川勝己・北森鴻・京極夏彦・栗本薫・柴田よしき・菅浩江・服部まゆみ

もじゃもじゃ頭に風采のあがらない格好。しかし誰よりも鋭く、心優しく犯人の心に潜む哀しみを解き明かす――。横溝正史が生んだ名探偵が9人の現代作家の手で蘇る！　豪華パスティーシュ・アンソロジー！

眼球綺譚
綾辻行人

大学の後輩から郵便が届いた。「読んでください。夜中に、一人で」という手紙とともに、その中にはある地方都市での奇怪な事件を題材にした小説の原稿がおさめられていて……珠玉のホラー短編集。

フリークス
綾辻行人

狂気の科学者J・Mは、五人の子供に人体改造を施し、〝怪物〟と呼んで責め苛む。ある日彼は惨殺体となって発見されたが!?――本格ミステリと恐怖、そして異形への真摯な愛が生みだした三つの物語。

殺人鬼 ――覚醒篇
綾辻行人

90年代のある夏、双葉山に集った〈TCメンバーズ〉の一行は、突如出現した殺人鬼により、一人、また一人と惨殺されてゆく……いつ果てるとも知れない地獄の饗宴。その奥底に仕込まれた驚愕の仕掛けとは？

角川文庫ベストセラー

角川文庫ベストセラー

角川文庫ベストセラー